谜托邦
MYSTOPIA

华文推理新大陆
推理迷的乌托邦

GODDESS

女神

王稼骏

著

北京联合出版公司
Beijing United Publishing Co.,Ltd.

有的希望，比绝望更让人无力。

目录

櫻
子

一万多年前的大上古时代，有一位神通广大的创世女神——女娲。某天，她独自走在草木丛生的原野上，不免觉得有些寂寞，似乎这天地之间还缺少一些什么东西。她看见水池里自己的面容和身影，灵机一动，为什么不能创造出和自己一样的生物来到这个世界上呢？

　　她随手从水池旁掬起一抔黄土，掺和上水，仿照自己的样子，揉捏出一个娃娃模样的小东西。娃娃刚一落地，就欢呼雀跃地对着女娲叫"妈妈"。女娲不由得笑逐颜开，为自己得意的造物取名为"人"。

　　女娲又抟黄土造了很多人，她也不再孤独，每造一人，就用一粒黄沙作计，最终黄沙堆砌成了一块硕石。虽然有了很多人，可女娲并没有停下工作，她发现人终有一死，死了一批之后还要再造一批，是个大难题，于是她想到了将泥人分为男人和女人，让他们自己繁衍生息，代代相传。当世上的人变得越来越多的时候，疾病、贫穷、战争等问题也纷至沓来。

　　传说中，女娲转世为人，来拯救自己亲手创造出来的人类。虽然她是普通女人的外表，依然拥有无边的法力，她可以让枯萎的花重新盛开，可以徒手让整条河结冰，可以为人们驱除病魔和伤痛，甚至是无药可医的绝症。

　　女神不再俯视众生，而是来到人类的身边，拯救他们于痛苦之中。

第零章

透蓝的天空中，挂着火球般的太阳，树上知了的聒噪声让人更觉烦躁，柏油地面被烤得滚烫。我走在路上，隔着鞋底都能感觉到烫脚。

　　超市自动门打开，凉爽的冷气扑面而来。我取下墨镜，抹去额头上的汗水，从货架上拿了瓶矿泉水，走到柜台前排队结账。我前面是一个男孩和一个女孩，男孩把手里一堆汗津津的零钱摊在柜台上，他个头不高，踮起脚认真地数着零钱，女孩站在他身后，抬着头眼巴巴望着广告牌上巧克力口味的蛋筒冰激凌。

　　男孩数完零钱，得意地看了眼女孩，把零钱推给老板："我要两个蛋筒冰激凌。"

　　老板不屑地扫了眼零钱："这些只够一个的钱。"

　　"这里是四十元啊。"男孩很肯定。

　　"涨价了。"老板指了指广告牌上不起眼的角落，有一张新的标签覆盖在原来的价格上，要买两个冰激凌的话，男孩还差十元钱。

男孩抿了抿嘴，收回一部分零钱，对老板说："那就给我妹妹来一个好了。"

老板将一个冰激凌递给女孩，女孩迫不及待地撕开包装纸，露出一颗巧克力球，她将包装纸上的巧克力舔干净后才舍得扔掉。男孩干咽了一口口水后，领着女孩走出了超市。

我上前一步："老板，给我来包中华烟。"

刚才态度怠慢的老板，愣了一下，换了副面孔恭敬地答道："我店里没有中华。"

"差不多价格的有什么烟？"

"只有我们本地产的烟。"老板拿出一包我从来没见过的烟，脸上堆满笑容对我说，"像中华那么贵的烟，在咱们这儿销路不好。"

"就要这烟吧。"我用手机扫码结了烟和矿泉水的账，然后拿出一张明信片，指着上面的地址问老板怎么走。

老板上下打量了我一眼："你是外地来的吧？"

我点点头："我来找我姐姐。"

"亲姐姐？"

"是的。"

"明信片上的地址应该就是前面路口的公寓，那里面的房子都是出租的，租客大多是从外地来这里打工的，还有不少来路不明的住客。这可是个鱼龙混杂的地方，你姐姐住在那里？"老板看了看我手腕上的金表，露出怀疑的神色。

真是个势利眼的老板。

我收起明信片，向老板道谢后走出了超市。

拧开矿泉水瓶盖，一口气灌下半瓶，凉意从喉咙扩散到身上的每个细胞，整个人舒畅了不少。

不远处响起一阵哭声，我循声望去，一片屋檐的阴影下，女孩蹲在地上，头埋在膝盖之间痛哭着。

我低头看见刚才买的冰激凌球正掉在她脚边，很快就在高温中消融了大半，地上只剩下一摊咖啡色的液体。

男孩挠着后脑勺，一副手足无措的样子。

看着他们，我想到了自己小时候和姐姐一起玩耍嬉戏的时光。随着年龄的增长，以我现在的收入，已经没办法再为一个冰激凌而流泪了，一种莫名的怀旧感不禁涌上心头。

真是单纯而又快乐的日子。

姐姐离家出走已经有两年了，除了寄过这一张明信片之外，她和家里完全失去了联系。

我想了想，还是从两个孩子身旁经过了。

路口一栋灰白相间的七层建筑物，正是明信片上的地址。这栋楼正对着一个垃圾厂，臭气熏天，馊水横流，就算走在马路对面，依然可以闻到食物腐烂的气味。走进大楼，脏兮兮的墙面上印满了各种搬家、办证的图章，血红的字让人很不舒服。楼房内没有配备电梯，姐姐住在五楼，我只能徒步走上阴暗的楼梯，每到转角的平台时，角落里就传来阵阵尿臊味。

我这才明白超市老板刚才的疑问，抽中华烟的我，亲姐姐竟会住在这种地方？

我很好奇，离开家的这两年，姐姐到底过着什么样的生活？她现在究竟怎么样了？

走上五楼，我已是汗流浃背，气喘吁吁。五〇一室就靠近楼梯口，门口杂物箱上摆着三盆已经枯萎的植物，依然能认出是姐姐最爱的香水百合。

再次核对明信片上的门牌号，应该是这儿没错了。

我找了一圈并没有发现门铃，于是敲了敲门，里面毫无反应，我又加大力气拍了几下门，还是没人开门。我把耳朵贴近门锁，想听听有没有动静，最终确定屋子里没人。

姐姐从小就有个习惯，总是会把房门钥匙藏在花盆底下，我依次拿开百合花盆，直到最后一盆，果真找到一把钥匙。钥匙上沾着些许泥土，我抠掉嵌在钥匙缝隙里的泥土，插进锁眼，顺利转动了锁舌。

一打开门，我就被一股恶臭呛得忍不住捂鼻子，一种不祥的预感油然而生。屋子里光线很暗，我取下墨镜挂在领口，眼睛慢慢适应了室内的光线。客厅里空空荡荡的，没什么家具，只有墙上支着一排简易的木架子。客厅一侧的厨房，简陋得连墙砖也没有贴，窗户和墙壁都被油烟熏成了黑色。油烟机上贴着用来防止油污的纸，已经浸透了油污，纸上密密麻麻的印刷字中，最清晰可见的两个黑体大字就是——云端。

在橱柜的角落里，整齐摆着三摞大碗，筷筒里的筷子全都结起了蜘蛛网，水槽底部积满了食物残渣，听见动静，钻出几只小蟑螂四散逃窜。我慢慢转向走廊，臭味也变得更加重了，走廊顶头的磨砂玻璃门后是洗手间，左右各有一间卧室，不知道为什么，卧室的门上镶嵌着透明玻璃，玻璃上还有没撕干净的纸片，应该是原来玻璃上贴了什么东西。光线透过朝南卧室的门洒进走廊，在磨损严重的地板上形成一块明亮的光斑，我能清楚地看见朝南的卧室里空无一物。

该不会是搬家了吧？

我轻轻叫了几声姐姐的名字，身后另一间卧室里传来"吱吱"的响动。北边的卧室内一片昏暗，我拧了拧门把手，门被反锁了。我侧过身，好借助走廊的光线，通过门上的玻璃看看卧室里的情况。

靠近这扇门的时候，我确信闻到的恶臭味就是从这个卧室里散发出来的，里面的景象让我胃里一阵翻腾，几乎就要当场呕吐出来。

卧室的地上，摆着一张床垫，上面平躺着一具女尸，腐烂的面部已经完全认不出她生前的样子了。

实在无法呼吸，我从走廊里退了出来，回到客厅。我打开一扇窗户，尽管外面的空气闷热，可我还是觉得舒服了很多。

我的脑子渐渐清醒过来，突然产生了一个疑问。女尸难道就是姐姐？这么想来，女尸身上穿的衣服，姐姐也有相同的款式颜色。

我深呼吸一口，回到走廊，打算重新观察卧室里的女尸。我忍住恶心，继续往门内的地板上看去，尸体的脸上有许多个窟窿，窟窿里爬满了蠕动着的蛆，失去了嘴唇的嘴巴，露出一排白森森的牙齿，我不忍再看下去了！目光慢慢往下移，尸体躺在一块粉红色的垫被上，身着蔚蓝色的短裙套装，双手交叠握着一把刀，锋利的刀刃直直插入自己腹部，我看不见刀的样子。伤口周围的血迹已经凝固变成黑色，看来尸体在这里已经有好长一段时间了。

女尸的体形、衣服和头发看起来都和姐姐很相似，不过还是无法就此断定女尸就是姐姐，不知道自己这种摇摆的态度是不是因无法接受姐姐已经死亡的心理所致。

房间内不知从哪儿冒出来一只老鼠，它硕大的灰色身体敏捷地爬上尸体，用它尖锐的牙齿撕咬着女尸柔软的耳朵，同时还发出"吱吱"的叫声，听得我头皮发麻。曾经听闻过，如果老鼠饿极了是会吃人的，这具女尸的脸可能就是被老鼠咬烂的。我敲打着门上的玻璃，尝试吓走尸体上的老鼠，可它并不惧怕我，用那双红色的眼睛瞪了我一眼，慢悠悠地跑开了，身子紧贴着墙角，那身深灰色的毛和阴影融为了一体。

和对面的卧室一样，这间卧室也是空的，里面没有一件家具。我能清楚地看见墙角旁的地板上，老鼠肆虐后残留的污秽之物满地都是，好像它和这具女尸在这间卧室里已经生活了一段时间。

我不明白，这只老鼠为什么不逃走呢？

不安分的老鼠又活跃起来，贴着墙角，用鼻尖不断探索着，好像是要寻找一个出口似的。它嗅着自己的排泄物，然后快速地跑开了。我来不及跟上它的速度，但我的眼睛发现了一件东西。在老鼠的排泄物旁，掉落着一把钥匙，钥匙断成了两截。

看起来应该是这个房间的钥匙。

姐姐长期失联，莫非是把自己锁在这里自杀了？

卧室里的尸体难道真是姐姐？

我再度观察尸体，越发觉得那就是姐姐。我已经顾不得尸体的气味，只想进入房间，可是无论怎么使劲儿也打不开房门。

我冷静下来，这个朝北房间的窗户紧闭，从里面锁上了。唯一的出口卧室门，是从里面反锁的，除非暴力破坏，否则无论如何我也无法进入卧室。门下面的缝隙小到几乎可以忽略不计，除此之外，卧室再没有可以和外界相通的地方了。而地上的那把钥匙，很可能就是这间卧室的门钥匙。

换而言之，这是一间没人进得去，连老鼠也没法逃出来的密室。

可是，姐姐为什么要自杀呢？

依照姐姐的性格，是无论如何也不会自杀的。

口袋里的手机突然响了，吓了我一跳，来电显示的名字是夏陌。

我离开有气味的区域，接起电话。

"亲爱的，你在干吗呢？你为什么这么喘？"

"没事，没事，可能今天外面太热了。"

"突然下起了雨，真是凉快呀。"

我看着窗外晴空万里，脱口而出："下雨？"话刚出口，我才意识到自己正在另一个城市。

"你那边很安静，没有下雨吗？可是天气预报说全市降雨啊。"夏陌显然起了疑心。

"我在上厕所呢。洗手间里没有冷气，搞得我满头大汗。"我灵机一动。

"我是提醒你今晚穿得正式一点，我的父母也会来，到时候会把你介绍给他们。"

"放心，忘不了。"

"爱你。"夏陌在电话里给了我一个飞吻。

"我也爱你。"

收起电话，我看了眼时间，已经是下午两点半，我在一个小时内必须赶往德宁市火车站，否则就会赶不上最后一班回上海的火车了。今天是夏陌的生日，她给我打了无数次的预防针，要是错过这次见家长的机会，非和我分手不可。

花了两分钟的时间，我做出了决定，不进入女尸所在的卧室。

我依照原样锁上了客厅的窗户，走出了屋子，用钥匙将大门反锁后，抱起花盆，把钥匙重新放回原来的花盆下。

我掸了掸手上的泥，重新戴上墨镜，刚一抬头，发现隔壁门口有个谢顶的中年男人正盯着我看。他赤裸着上身，穿着条纹的平角短裤，右手轻轻拍打着自己肥腻的肚子。

"哎——"他好像要跟我说什么，我没有给他机会，快步走下楼梯。

我马不停蹄，在两条马路外的公共电话亭里，拨通了报警电话。

我用手捂住话筒，刻意压低声音，假装是邻居怀疑五○一室的住客出了状况，希望警察可以前往查看。确认地址后，我立即挂断了线，为了不耽误今晚夏陌的生日聚会，我只有出此下策了。要是被警察留下来接受讯问，可能今晚都回不去了。

从电话亭里出来，我发现自己已经浑身湿透，像刚从水里捞上来的一样。

外面骄阳似火——如火焰般灼热的地狱。

夏陌是我的女朋友，我和她的相识充满了戏剧性。

大约在两年半以前的某个傍晚，我刚把汽车送去 4S 店维修——因为忘记加防冻液，在外面停了整晚的汽车被冻裂了水箱。

从店里出来在路边等候出租车，那块地方还算闹市区，正值饭点出租车很难拦。就在我百无聊赖的时候，一对六十多岁的老夫妻从我身边经过，他们衣着朴素，互相搀扶着，看了我一眼后，走向几步之外的夏陌。

这是我第一次看见夏陌，她化着淡妆，俏皮的黑色眼线尾端微微上翘，上身穿着白色的羽绒服，下身穿着破洞的窄脚牛仔裤，脚上蹬着三叶草的贝壳头，已经脏得看不出是双白鞋了。她一边肩膀挂着双肩背书包，在寒风中跺着脚，手里挎着一个白色塑料袋，上面印着附近一所大学的标识。

老夫妻拦在了夏陌面前，比画着双手说他们是从外地来看病的，已经好几天没有吃饭，肚子饿得不行。

夏陌从塑料袋里拿出两个面包给了他俩，可是老妇人指着两个面包说这东西填不饱肚子，天冷想吃碗热腾腾的面。

夏陌二话没说，从包里取出钱包，抽了一张一百元，想了想又加了一张，让他们自己在附近找一家饭店去吃饭。

老夫妻两人互相看了一眼，没有收下钱。

老头说："姑娘你真是个好人，这么多钱我们不敢收，你带我们去饭店买两碗面就行了。"

听到这里，我有点感动，老夫妻不愿多花好心姑娘的钱。

我目送他们三个人往一家知名的连锁快餐店走去，远处好不容易看见驶来一辆亮着"空车"的出租车，我冲出人行道，竭力想拦截它，可是身后的两个年轻人抢在我前面，捷足先登了。

无奈，只好退回人行道上继续等候，我想起刚才的那三个人，回头望去，发现他们还没有进入快餐店，似乎是出了点问题，老妇人拉着夏陌的手臂，在哀求着什么。

"你搞什么呢！"我走向他们三人，冲着夏陌发起火来。

夏陌和那对老夫妻都一惊，齐刷刷地看向我。

我把夏陌从老夫妻的身旁拉开，继续训斥道："电影都快开场了，你怎么还在磨蹭。"我拽着她就往回走，老妇人试图阻止，被我怒气冲冲地瞪了一眼后，缩回了手。

走出一段距离后，我轻声提醒夏陌："别回头，他们是人贩子。"

夏陌露出夸张的惊恐表情，用手挡住了张大的嘴，问我："你是怎么知道的？"

"路边就我们两个人，凭我手上这块金表，怎么也应该比你这个大学生看起来有钱吧。他们偏偏选择你作为乞讨对象，显然要求并不太高，按照常理，应该找看上去有钱的人成功率才高。"

"他们硬要拉我去旁边那条黑漆漆的巷子里，说那里有家小面馆很便宜。"

"明明是外地来的，又怎么会知道巷子里的小面馆呢？"

"你这么说，还真有点可疑。"夏陌拧着眉毛，频频点头。

"要是你真进了巷子，没准儿两个大汉把你用麻袋一套，第二天就运到山区卖给人家当媳妇了。"

夏陌回头看了眼，气愤道："还真是骗子，白白浪费了我明天的早餐面包。"

我们停下脚步，我搜寻着那对老夫妻的踪影，看起来行动迟缓的两人，早已不知所终。就像夏陌说的，她好心拿出来的两个面包，被丢弃在了路边。

"他们走了。"夏陌盯着我的脸，连说了三遍。

我才意识到自己还紧紧抓着她的手，于是赶紧放开，刻意让开一段距离，顿时我们俩都有点尴尬。

还是夏陌打破了沉默，对我伸出一只手："我叫夏陌，夏天的夏，陌生人的陌，谢谢你救了我。"

"丁捷。"我轻轻握了握她的手，"以后长个心眼儿吧。"又一辆亮着"空车"灯牌的出租车驶来，我匆匆向她挥手告别。

那时候的我，很快就把夏陌这个名字抛诸脑后了，也没想到会再次见到她。

晚上七点，我准时抵达上海站，从德宁市返程的火车上下来，随着人潮往出口走去。我小心地躲开脚下拉杆箱的轮子，汗味、香水味、烟味与空调的异味混杂成一股难以形容的味道，这属于火车站的味道，会成为很多人来到上海的第一印象。

人流在经过通道大屏幕的时候，瞬间慢了下来，有人侧目观看着正播放的新闻内容，屏幕下方滚动播放着时事新闻的字幕，我无意间看见了"德宁市"三个字。

字幕简述了德宁市警方的一则协查通知：在某民宅中发现一具女性尸体，根据尸体的腐烂程度判断，死亡时间大约是在三周以前，死因是利器刺穿腹部伤及内脏，失血过多导致死亡，尸体面部及身体各个部位损毁严重，死者身份尚在确认之中。有人以邻居的身份匿名拨打了报警电话，房子的租约还有半年才到期，如果不是这个报警电话，恐怕还要过很久尸体才会被发现。虽然从现场情况来看，自杀的可能性比较大，但警方目前已有怀疑对象，不排除他杀的可能性，目前警方仍在进一步调查中。

字幕的最后说会在稍后贴出可疑男子的照片，希望知情者积极提供线索，如发现情况，请与德宁市警方联系，并留有一位贝姓警官的手机号码和德宁市公安局的固定电话。

我推了推墨镜镜框，匆匆瞥了一眼屏幕上贴出的照片，低头从人群的缝隙中左突右闪，好不容易出了火车站。

总算有时间拆开新买的烟了，老板推荐的烟很冲，才抽了一口，就呛得我嗓子痛，我用力咳了两下清理喉头涌起的痰，在路边垃圾桶上撤灭了烟蒂。

对于新鲜事物的接受度，我始终比不了姐姐，她是那种无论被扔进什么环境都能够从容应对的人。

地面已经干得差不多了，看来白天那场雷阵雨并没有持续太久。雨后的夜晚凉爽了不少，夏陌的住所距离火车站并不远，时间尚足，我决定步行前往，也让自己有时间整理一下思路。

在那间卧室里的尸体虽然和姐姐很像，可思索一番后，我认为她不是姐姐。姐姐最讨厌老鼠了，她绝不会和一只老鼠共处一室，更别提在老鼠面前自杀了。门外的钥匙缝隙间沾有泥土，花盆里的泥土早就干了，百合花已经谢了好几周，如果钥匙是姐姐藏在那里的，说明她很久没有使用过那把钥匙了。在那个什么都没有的房子里，除非是被囚禁，否则不可能足不出户。这样一想，疑点更多了，房子里没有任何生活的痕迹，看起来是有人整理过了。再说那具尸体，如果是自己捅了自己的肚子，不可能没有任何挣扎的痕迹，可是尸体下面的床垫一点没乱，更像是被人摆成了那个样子，目的就是使其看起来像自杀。我的这些猜想警方肯定也会想到，这些疑点都会在另一个问题面前站不住脚，如果卧室门从里面上锁，打开门的钥匙就在尸体旁，且假设没有其他钥匙的情况下，这就成了一间密闭的卧室，无论多么不合理都会成为警方判定为自杀的重要原因。

毕竟凶手不可能在杀人之后，像雾气一样从密室里消失。

我忽然想起，在离开时撞见的那个邻居，油腻的中年男人，他脸上惊讶的表情，该不会记住了我的脸吧。

我摇摇头，抛开这些乱七八糟的念头，一切都等到警方公布尸体身份后再说吧。

不知不觉中，已经走到了夏陌家门口，夏陌通过对讲机帮我开了楼下的门。我走进电梯，对着电梯里的镜子，发现自己晒黑了不少。一天的往返奔波让我满脸都是倦意，深呼吸一口，拍打了几下脸颊，将卷起的袖管拉下，匆匆理了理发型和衣服。

电梯到了。

夏陌一室一厅的公寓里，能坐的地方都坐满了人，邀请的亲朋好友都到齐了，我是最后一个。

初次和夏陌父母见面，我主动鞠躬向他们问候，为自己的迟到道歉。

夏陌母亲面色阴沉，连正眼都没瞧我一眼，就像没听见一样，对夏陌说："那就开饭吧。"

夏陌对我吐了吐舌头，扮了个鬼脸，拉着我一起招呼大家坐上饭桌，生日聚会正式开始。

这次聚会总共十二个人，夏陌家的伸缩餐桌拉长到了极限，勉强能挤下所有人。除了主位上坐的夏陌父母，还有夏陌的舅舅舅妈一家五口人。舅舅舅妈帮着夏陌负责厨房的工作，表姐和表姐夫不太熟练地照顾着新生儿，甚至无暇抬头和别人闲谈。婴儿出生还不到半年时间，一切的沟通交流都只会用哭这一种办法，年轻夫妻对孩子哇哇哭闹束手无策。三个闺密分坐在我和夏陌身旁，在确立关系之初，夏陌就把我介绍给了她们，所以彼此还算熟络。她们都是夏陌大学时期同一个寝室的闺密，今天夏陌邀请她们的很大原因，是为了替自己压阵。由此可见，在我和夏陌交往这件事情上，她对父母反对的态度早有预见。

今天夏陌打算借着生日聚会的由头，在她父母面前确认我们的关系，希望可以得到她父母的认可和祝福。

夏陌的父母显然也是有备而来，带着舅舅一家作为陪审团，瞬间在人数上以七比五占据优势。在夏陌的父母和我们的餐桌上有一根看不见的线，将十二个人划分成了两个阵营，双方都感受到了这场没有硝烟的战争的残酷，所有人都在故作轻松，等待着它的爆发。

终于，有一方按捺不住出击了。

首先越过战线的是舅妈，她满脸假笑地问我："丁……丁捷是吧。你和我们夏陌在一起多久了？"

"差不多有两年了。"我如实回答。

"认识这么长时间，今天没有准备生日礼物吗？"舅妈露出了刺。

今天奔波了一整天，我实在没时间去选礼物。

"听说你家里是做生意的，应该不缺这点钱吧。看来还是对我们夏陌不够上心呀。"

听了舅妈的话，夏陌母亲冷冷地笑了一声。

"丁捷早就给我买礼物了。"夏陌替我解围。

表姐抱着孩子，发型和妆容完全没有花心思打理，她插话道："行了，别装了。我们还不了解你吗？要是你收到了礼物，早就拿出来炫耀了！"

"姐！"夏陌嘟起嘴瞪着表姐，"丁捷家里最近出了状况，能来参加我的生日聚会，我就已经很开心了。"

夏陌本想找借口替我解围，可是引起了对方更大的兴趣。

"家里出了什么事吗？"舅妈假惺惺地说道，"需要帮忙的话，可以让夏陌跟我们说呀。"

我避开她的问题："舅妈，您的好意我心领了，我自己可以处理好。"

"我们都是夏陌的家人，帮你出出主意也好。"

"不用了。"我摆手谢道。

"舅妈，人家不想说，你就别问了嘛。"夏陌娇嗔地白了舅妈一眼。

"夏陌，你知道是什么事吗？"舅妈掉转了方向。

夏陌不知该如何回答，用眼神向我求助，我对她摇了摇头。

"我也不清楚。"夏陌说。

夏陌的母亲突然将筷子拍在桌子上，所有人突然都安静了，气氛变得很可怕。

　　"认识才区区两年时间，就已经要看对方脸色行事了，将来一起生活，你还有什么地位吗？"

　　听起来像是夏陌母亲在教训自己的女儿，实际上是在指桑骂槐。夏陌眼眶里含着泪，低着头，用轻弱的声音说："我今天只是想请大家一起吃顿饭，让丁捷可以和你们大家认识认识。"

　　"连家庭情况都像秘密一样保守的人，我看还是不要认识为好。"

　　夏陌抹掉眼角的眼泪，低头不语，侧脸的咬肌抽动了一下。我把手从桌子下伸了过去，握了握夏陌的手。

　　我从座位上站起来说道："本不想麻烦大家所以才没有公布，没想到让夏陌这么为难。其实并不是什么见不得光的事情，一个星期前，我父母在开车去外地的高速公路上出了车祸，汽车撞上隔离带导致侧翻，在路上滚了好几圈，爆炸起火，两个人都不幸遇难。我也正在忙着安排他们的葬礼，今天如有怠慢，还请伯父伯母以及舅舅舅妈各位长辈多多担待。"

　　夏陌温柔地靠向我，轻轻地拍了几下我的背。

　　气氛有些尴尬，大家都默不作声，依然是性格开朗的舅妈，率先开口引开了不愉快的话题。

　　"记得夏陌提起过，你父母有一家公司，这家公司是经营什么的？"

"是一家锁厂，主要制造和销售锁具。"我回答道。

"接下来你打算怎么处理这家公司？"看得出舅妈对于金钱方面的事情格外敏感。

"好了，你别问了，这都是人家家务事。"舅舅拉拉舅妈的胳膊，示意她别再问了。舅妈挣脱他的手，说："这里又没外人，说说有什么关系！"

舅舅不再说话，低头夹了一筷子菜，闷头吃起来。想必在这个女权至上的家庭，他活得也不轻松哪！

"因为是父母留下的遗产，律师说必须找到我姐姐，才可以继承父母的公司，目前公司由代理董事管理着。"我说道。

"你还有个姐姐呀？"

"你姐姐现在在哪儿？"

"你姐姐和你长得像不像？"

在场的所有人都七嘴八舌地八卦起来。

关于姐姐的事情，连夏陌都知之甚少，更别提其他人了。我没法告诉他们，姐姐因为爱上了一个男人，不顾父母的反对，毅然决然地离家出走了，甚至当时她已经完全接管了父亲的公司。已经处于半退休状态的父母不得不重新管理锁厂，而对于姐姐深爱的那个男人，他们从来没有在我面前提起过，我对他的情况也知之甚少。

要是讲出私奔的话题，一定会被夏陌母亲视为一种威胁，我正想着将这个话题搪塞过去的理由，手机铃声及时响起，我以接电话为由离开了座位，独自来到阳台。

"隆哥——"

我刚接起电话，就被电话那头凶狠的声音打断了："你今天是不是离开上海了？"

"我已经回来了。"

"这是最后一次警告，还有三天就是你还钱的最后期限，在这期间但凡让我知道你又要什么花样，小心你的手指。"

"我已经在想办法了，钱很快就能还上了。"

"最好这样。"隆哥的语气缓和一些，"看你的样子，好像跟丈母娘一家不太融洽。"

我把头贴近玻璃，往窗外看去，似乎对面楼房里的每一扇窗户后面都可能藏着隆哥。他就像一个无处不在的幽灵，正在某处窥视着我。

"准备好钱我会给你回电话，没什么事的话请不要打给我了。"我拉上窗帘，挂断电话。

隆哥是我见过的最心狠手辣的追债人，从来没有他讨不回来的债。曾经有一个关于隆哥的传说：有个痞子欠钱逾期不还，许多追债人都拿他没有办法。狡兔三穴的痞子时不时更换住所和电话号码，他也不像普通人一样正常生活，工作单位、家庭关系都没有，一旦借钱给他，只要他刻意回避你，就很难找到他。

就在痞子某一张欠条到期的那天晚上，痞子回家打开门，怎么也开不了灯，发现家里被断了电，在他纳闷的时候，闻到了一股浓浓的煤气味，他赶紧打开窗户，让密闭的屋子通风，他跑去厨房关掉了煤气的阀门。事后，他发现桌子上放着一张欠条的照片，照片上用红色的笔写着：限期三天还钱，否则后果自负。压在照片上的是从配电箱里拆下来的总开关。如果没有断电，痞子开灯的一刹那就一命呜呼了。

痞子也不是第一次收到死亡威胁，对警告不以为然，为了躲债次日就搬了家。他生怕被跟踪，特意绕了一大圈，换乘了好几路地铁，确保没有被人跟踪，才住进了新的住所。到了第三天起床的时候，隆哥就坐在他床边，穿着黑色的西装，像个为他做最后祷告的牧师。隆哥表情冷峻地把玩着一把瑞士军刀，没等痞子反应过来，就把他按在了床上。隆哥力气奇大无比，痞子完全挣脱不开，被压得动弹不得。隆哥用军刀上的红酒开瓶器，在痞子脸颊上画了一个十字，并残忍地切下了他一截小拇指，告诉他一根手指可以宽限十天的时间，除了按手印的那根拇指之外，隆哥保证会准时找到他，切光他所有的手指。

没有人知道隆哥是怎么找到痞子的，还可以神不知鬼不觉地坐在他床边等他醒来，要知道痞子是个多么警觉的人。

最终少了一根手指的痞子按时还了钱，他也成了被隆哥标记过的人。从此往后，他脸上的伤疤会让他在地下的圈子里再也借不到钱。

除了隆哥两个字，再也不知道有关他私人的任何事情了，我之所以这么清楚这件事的来龙去脉，因为我就是那个痞子的债主，当时正是我雇了隆哥去要回我的钱。

现在，我反倒成了他追债的目标，我知道欠债逾期的下场会是什么样。

我从阳台上出来，正撞见夏陌的表姐夫。他眼神闪烁，慌乱得有些不知所措，我猜他是在偷听我打电话。

"你在经济上出问题了吧？"表姐夫戴的眼镜后有一双闪着狡猾光芒的眼睛。

"你在偷听我打电话？"

"我只是想帮你。"

"你帮我？"我提高了警惕，"姐夫，你就别和我开玩笑了。"

"我和她们不是一伙的。"表姐夫朝饭桌那边努努嘴，套近乎地搭着我的肩膀，"我有办法帮你解决经济上的困境。"

表姐夫穿着西服，打着领带，和表姐的打扮完全是两个世界的人，他看起来更像是一个金融圈的精英。

我后退一步，推开他搭在我肩膀上的手："不必了，谢谢。"

"你不相信我，总该相信这个吧。"表姐夫用食指和中指夹着一张名片，在我面前晃了晃，塞进我手里。

"这是什么？"

"一个可以让你迅速变得有钱的地方。"

听起来就那么不靠谱，我回绝道："我还是靠我自己吧。"

"有需要随时找我。"表姐夫在我身后说。

饭桌旁已经热闹开了，大家为夏陌端上了生日蛋糕，插上二十三根生日蜡烛，夏陌的闺密们大声嚷着问谁有打火机。

"我来点蜡烛吧。"我拿出打火机，返回饭桌，加入了她们大家。

夏陌的闺密们唱起了生日歌，不知道是谁关了灯，柔和的烛光映在夏陌脸上，让她看起来就像是油画里的肖像。夏陌和着歌声拍着手，咧着嘴笑得像个孩子，眼角都快挤出鱼尾纹了。

光晕之外，只见夏陌父母的脸上布满了阴霾，在阴影中显得更加阴沉。

"许愿！快点许愿！"大家七嘴八舌道。

夏陌胸前抱拳，闭起眼睛缓缓低下头，嘴里轻声念叨着，没等我听清楚说的是什么，她抻长了脖子，一口气吹灭蜡烛，众人爆发出一阵喝彩声。

拔掉蛋糕上的蜡烛，夏陌开始用刀切开蛋糕分给大家。

我接过一大块蛋糕，看着被破坏的奶油造型，不由得联想到那具女尸的面部，瞬间倒了胃口。

我拿出手机看了看时间，糟糕！接了个电话差点把重要的事情忘记了。我打开手机上收音机的 App，调到了被誉为全城最时尚的广播频率，主持节目的是一个叫丁丁的主播。他总说一些自恋的笑话，有时候还蛮容易冷场的，但也只有他的节目会有点播送祝福环节。

"麻烦大家静一下，听听这个节目。"我把手机扬声器的音量调到最大，放在桌子上。

丁丁正用他不太正经的嗓音播报着我的祝福，我就知道在祝福里夸赞他长得帅，一定会被播出的。

"接下来，一首张韶涵和范玮琪合唱的《如果的事》送给这位叫夏陌的听众朋友。如果此刻你在这座城市的某个角落，正在收音机旁收听我的节目，我想告诉你，这是一位享用了我的姓的听众丁捷，为你送上的生日祝福。我是你们的青春偶像丁丁，我在这里和整座城市的听众祝你生日快乐！永远美丽！"

背景音乐慢慢响起，这是夏陌最喜爱的歌。

我想过一件事，不是坏的事，一直对自己坚持，爱情的意思。

像风没有理由轻轻吹着走，谁爱谁没有所谓的对与错。

不管时间，说着我们在一起有多坎坷。

我不敢去证实，爱你两个字，不是对自己矜持，也不是讽刺。

…………

夏陌当着亲戚们的面，给我来了个狠狠的激吻，这份特别的生日礼物让她异常兴奋。

歌曲放到一半，夏陌母亲起身说要回家。

正在兴头上的夏陌，脸由通红变成了清白，鼻孔张得很大，一副快要哭出来的样子。

"吃完蛋糕再走吧。"夏陌的父亲劝说道。

"在这里我吃不下去。"夏陌母亲怒气冲冲地发着牢骚，头也不回地摔门而去。

舅妈拉着其他人，跟在夏陌母亲后面一起离开了。夏陌父亲叹着气，走在最后的表姐夫经过我身旁的时候，拍了拍我的手臂。

夏陌终于忍不住了，伏在桌子上痛哭起来。虽然预料到可能会有这样的情况，可还是不知道应该怎么安慰夏陌。就在夏陌的哭声和闺密们的安慰声中，我听见手机里的广播正在播报德宁市案件的后续报道。

我拿着手机走到安静的阳台上，点上一根烟，静静听着广播内容。

警方公布了最新进展，案件系他杀，凶手很可能已经离开了德宁市，须展开跨省追查。而死者的身份也得到了确认，主播的声音停顿了一下，然后直接说出了死者名字。

我屏气凝神，听着死者的名字，和我猜想的一样，死者不是姐姐丁敏，而是一个带点土气的名字——宋根妹。

手背一阵灼热，是燃尽的烟灰掉了下来，我缓过神来，掸去烟灰，掐灭了烟头。

要是被隆哥切掉手指，想必会比这个痛上很多倍吧。

眼下还是要先找到姐姐才行。那具女尸所在的屋子，就是姐姐寄给我的明信片上写的地址，很可能姐姐先前在那里住过，她会不会和死者认识呢？姐姐和那个女人的死会有关系吗？姐姐难道就是杀人凶手？

我幻想着姐姐从外面回到屋子，发现自己的男人正在和一个女人缠绵，然后从厨房拿了刀，捅死了那个女人，男人向姐姐认错求饶，并且主动表示由自己来处理尸体。将尸体伪装成自杀这样的事情，姐姐是绞尽脑汁也想不出来的。把屋子收拾干净后，姐姐和她的男人逃去了别的地方。

想到这里，我否定了这个猜测，以姐姐的暴脾气，真的要杀人也是先杀那个男人。更何况那只老鼠的存在，姐姐是怎么也不会同意这么做的。

空荡荡的屋子不像是有人正在居住的样子，如果女尸不是屋子的住户，那么原本应该住在里面的姐姐去哪儿了呢？女尸的衣服发型和姐姐这么相似，是凶手刻意为之吗？

我倒不是要去抓凶手，可是现在姐姐的线索断了。

父母的律师跟我讲得很清楚，如果姐姐和我两个人无法同时到场的话，就无法继承父母亲的遗产。可我没有这么多时间了，三天后隆哥就会用他的瑞士军刀来剁掉我的一根手指。

"丁捷，别躲着一个人抽烟了，夏陌哭得这么伤心，你来劝劝她吧。"闺密们把我从阳台上叫了回去。

她们已经收拾完残局，每人倒了杯酒，天南地北地和夏陌闲聊着，没有夏陌的长辈在场，气氛比刚才饭桌上的轻松许多。大家一起经历了今天这种场面，好像她们之间的友谊又上了一个台阶。刚才的不快已被抛诸脑后，四个人开始制订旅行计划了。

有人给我递过来一杯酒，我犹豫片刻，说道："夏陌，我父母的事情还有些要我去处理，我现在得走了。"

"一定要今晚吗？"夏陌看了眼时间，"都已经十点了。"

"赶过去还来得及，律师等着我呢。"

"嗯。那你路上小心。到家记得给我打电话。"

"你一个人没问题吧。"我担心喝了酒的夏陌会出什么岔子，向她的闺密们求助，"要不今晚你们留下来陪陪夏陌吧。"

闺密们举杯向我保证会看好夏陌："赶紧去，办完你的事好回家，你们俩都需要睡个好觉，忘记今天的事情。"

今天对我来说，需要忘记的事情太多了。

我拦下一辆出租车，把身子抛进后座，两鬓斑白的老司机问清楚我的目的地后，平稳地启动汽车。我靠着后座闭上眼睛，车载 CD 里放着邓丽君的老歌，老司机不时跟着哼唱两句，虽然都是属于出租车司机那个年纪的歌曲，可现在听来意外地好听。歌声似乎将时间拨慢了，让现在浮躁的社会稍稍放缓一下脚步。

出租车在一个三岔路口停下，车头正对着一条羊肠小路，我问老司机能不能用手机扫码支付车费，他笑着说虽然女儿一直在教他，可他还不太会用智能手机的收款功能，希望最好可以付现金或是刷卡。我搜遍了全身的现金，勉强凑够了车费。

下了车，面前整条街道空无一人，我突然对这座名叫上海的城市感到厌倦，这股厌倦感让我情绪有些低落，我在毫无准备的情况下变成了家里唯一的顶梁柱，责任从天而降。父母亲的突然离世，让债主对我的偿还能力产生了怀疑，之前像财神一样尊敬着我的债主，现在完全换了一副嘴脸，甚至不惜雇用隆哥来向我要债。

我走进羊肠小路，左手边是新建的高档小区，售价达到近十万元一平方米，右边一排破旧的店铺，都是各种贩卖铝合金门窗、防盗窗的加工作坊，走近之后，空气中都会有金属的味道。店铺之中有一片粉红色灯光泻在地上，藏着一家亮着灯的招待所，招牌上"忠业"两个字灯光暗淡，苟延残喘般地闪烁几下。招待所门口停着一辆绿色的捷豹，豪车和这破败的地方格外违和，我不由得多看了一眼驾驶座上的年轻司机，看气质不像是买得起捷豹的样子。他一只手搭在车窗外，同样警觉地注视着我。

我推开招待所的玻璃门，里面虽然开着空调，但一走进去感觉有点闷热。坐在前台的男人听见门上风铃响，抬起头来，他的眼睛很小，一条手臂上文满了文身，见到是我，立刻起身，微笑致意道："好久不见了。"

"啊，是你……最近过得怎么样？又文了新图案呀！"我拿出烟盒，丢给他。

男人接过烟，点上一根，没有将烟盒还给我，而是放在了前台，呼出一口烟，回答道："就在这儿混着呗！"

这个男人叫阿伟，是比我高一年级的校友，今年应该二十六岁了。他以前在学校里就是个小混混儿，放学后跟在一群社会不良分子后面，总干些小偷小摸的事情。有段时间，他还热烈追求过我姐，为了得到我姐的芳心，他时常向我施以小恩小惠套取情报。虽然姐姐最终没有看上他，不过他好像不太死心，一直对我关照有加，我们也成了不错的朋友。慑于他小混混儿的名号，读书期间一直没人敢欺负我。后来，阿伟因为盗窃罪被捕，反复出入少管所和拘留所，直到两年前才和我在街上偶遇。

正是那次相遇，让我背负起了难以偿还的债务。

"我找忠叔。"我朝楼梯上看了一眼。

忠叔是这家招待所的老板，也是阿伟的老大。招待所只是个幌子，实则是一个地下赌场。四层楼总共有四十多个房间，如迷宫一般的走廊布局，西侧紧临一片老式里弄房子，假如遇到警察搜捕，就算两侧的通道出口被堵死，也可以翻出窗户隐没在如同血管般密集的弄堂里。有了天堑般的场所，忠叔的赌场几乎吸引了这一区所有的赌棍，成为他们的庇护所。传言忠叔不但开设地下赌场，还偷偷经营着毒品生意，贩毒的人可都是亡命徒，所有人都惧怕他，但真的假的就不得而知了。他就像这座城市里的肿瘤，在身体里不知不觉地生长，当你感觉到不适的时候，已经病入膏肓，要切除它就必须付出惨痛的代价，否则无法医治。

我就是在和阿伟重逢后，认识了忠叔，现在想来，这完全就是给我设计的陷阱。

忠叔得知我父母是做生意的之后，就主动提出让我参与他的赌场生意。他说准备布一个赌局，目标是一位很有钱的外地商人，因为我脸生，忠叔让我和他安排的另外两位托儿一起上赌桌，在赌局上依照事先约定的计划行事，先让对方连续赢几把，让他觉得自己运气爆棚，然后通过作弊的手法，给他发一副大牌，但给我的牌比他的还要大，引导他压下所有的赌注，一次赢光他所有的钱。前提条件是所有的赌注需要我自己负担，事成之后，根据我赌注的金额，立刻返还双倍的利润。

我很清楚父母是绝对不可能让我参与这种违法犯罪的事的，向他们讨一笔钱来赌博，是万万不可能的。我决定靠自己凑足这笔钱，于是忠叔派他的手下隆哥帮我收回以前的外债。加上自己的一点积蓄，我七七八八凑了十几万块钱，眼看赌局的日子将近，我的赌资还是少得可怜，根本无法匹配上赌桌的金额。忠叔很是为难，告诉我他打算另找合伙人。

　　一直以来，父母不愿意我参与他们生意上的事情，他们更希望姐姐来接手生意，我想要借这次机会，让他们对我刮目相看，我也是有赚钱能力的人。我再度去找忠叔，恳请他继续与我合伙，于是忠叔让我尝试问高利贷借钱，反正只是周转几天而已。我就去了忠叔推荐的一个朋友那里借钱，忠叔甚至替我做了担保，无抵押贷了两百万。

　　拿到这笔钱，我兴奋得整夜失眠，幻想靠自己将它变成双倍，赚到人生的第一桶金。

　　赌局当日，一切都如约定进行着。我的目标人物是一个头圆膀粗的大胖子，他脖子上的金项链比我的手指还要粗，两个打辅助的托儿吹捧着财大气粗的外地商人，弄得他心花怒放，终于，牌局来到了最后一局，两个托儿朝我使了眼色，他们发了一把全场最大的牌给我，这一把稳操胜券。坐在我对面的外地商人，连续获胜令他膨胀得无以复加，他果然如忠叔所料，推上了自己的所有筹码，其他人都舍弃手中的牌，表示不跟下去了。我毫不犹豫地也清空了自己面前的所有筹码，一分钟后，桌子上所有的钱都将成为我的。

谁知，意外在此时发生了。突击检查的警察冲入了赌场，现场顿时乱作一团，所有人四散逃窜。我听人说，我们的赌注很大，被抓住的话会被判很多年的刑，我顾不得那些筹码，跟着其他人从后门逃走了。

所有赌资被充公，我血本无归，想要找忠叔商量对策，可已经找不到他人了。阿伟告诉我，忠叔生怕警察顺藤摸瓜查到自己身上，逃到国外暂避风头去了。借高利贷的人也没有马上问我要债，而是过了几个月，等到利息已经翻倍，才开始向我要钱。我东躲西藏了好一阵子，他们终于找来了隆哥。

当我看见隆哥的时候，才恍然大悟，赌局的目标人物根本不是什么外地商人，而是我这个冤大头，我上了忠叔的当。但是欠条上白纸黑字是我的亲笔签字画押，就算去报警，关于借钱的目的也是难以说出口的。

所以我必须找忠叔讨个说法，不能就这么认栽。

阿伟挡在楼梯口，摇摇头说："忠叔今天不在。"

门口停着豪车，应该是有人来找忠叔谈事情，车没有熄火，估计不会是一次长谈，我对阿伟说："他和客人在谈生意吧。"

"你别难为我，忠叔他不会见你的。"

"我就在这儿等到他下来。"

"你等了也没用，像你这样的人每个月都有，不管是来横的还是软的，忠叔从来没吃过亏。"

原来阿伟是知道忠叔在干这种勾当的，看来害我的人里面也有他一份。

我的火一下子蹿上了头顶："你给我让开，我这就上去问问那个老骗子。"

"丁捷，别逼我！我只是个看门的。"阿伟把手放在了腰间，我知道那是他藏家伙的地方。

如果硬闯的话，阿伟一定会对我动手，我索性就站在楼梯口，扯开嗓门对着楼上破口大骂起来。

这时候，门外传来捷豹的发动机声，我急忙跑出去，迎面进来一个一头银发的长者。

"是丁捷呀。"忠叔热络地和我打起了招呼。

"你怎么从外面进来？"我再看那辆捷豹，后窗玻璃上映出一高一矮两个人影。忠叔一定是带着他们从边门出来的，故意避开在前台大闹的我。

没等我看清车里的人，就被忠叔拉到了前台旁的沙发上，阿伟忙向忠叔汇报道："丁捷为了他那笔债跑来问你讨个说法……"

忠叔瞪了他一眼，打断道："你怎么说话的，怎么叫讨说法，钱又不是我借的！"

虽然是在教训阿伟，但明显是在向我表明态度，阿伟撇着嘴，默不作声地走进了前台后面的房间。

忠叔对我保持着一贯的微笑，语气和蔼地问道："我刚从国外避风头回来，就听说你欠的钱还没有还清，是有什么难处吗？"

"要不是你说那个局能赚钱，我怎么会去借高利贷呢？"

"天底下哪有百分百稳妥的事情呀。我不是也赔进去了吗？"忠叔摊开双手。

"现在那笔债已经翻了一倍，叫我怎么还？"

"欠债还钱，天经地义，至于你怎么还，那就是你自己的事情了。"

我从沙发上站起来，居高临下地对他说："要是把我逼上绝路，你也不会有好结果的。"

"你这是在威胁我吗？"忠叔依然在笑，他的笑容令我感到惊悚。

我后背一凉，一个巨大的阴影笼罩过来，我转头一看，竟然是隆哥。

隆哥梳着油亮的头发，皮肤黝黑，刀削过一般棱角分明的脸上，嵌着一双如鹰隼般冷酷的眼睛。隆哥比我高出将近一头，从鼻子里呼出有力的气息，在我面前压迫感十足，他手里如杂耍般把玩着他那把令人望而生畏的瑞士军刀。

忠叔指指隆哥："钱上面的事情，你还是和他谈吧。"

看见隆哥拿把军刀，我不自觉地将手插进了口袋，这时才反应过来，刚才被忠叔斥走的阿伟，其实是去找隆哥了。

我能感觉到隆哥的目光正投射在我的头顶。

"钱有问题吗？"隆哥问。

我没有作声。

忠叔对隆哥挥挥手，隆哥听话地退到了一旁，我的呼吸也稍稍变得顺畅了一点。

"丁捷，你也别着急，我倒是有办法帮你。"忠叔示意我坐回沙发，得意地摇着脑袋，手指有节奏地敲击着沙发扶手，说道，"听说你父母近日过世了，你只要尽快完成法律继承手续，拿到手的遗产足够你还清债务。"

"但是继承遗产必须我姐姐也在场，现在连她在哪儿都不知道。"

"如果我知道她在哪儿呢？"

"你知道？"我从沙发上弹了起来。

"你不是也知道吗？那烟是你的吧？"

刚才给阿伟的烟还放在前台，那是德宁市才有的香烟。

"我姐姐还在德宁？"

忠叔点点头。

"在德宁哪里？"

"这个嘛！我也不知道。不过……"忠叔话锋一转，"你知道'云端'吗？"

招待所里一片寂静，只有空调冷气从管道里吹出来的声音。

这时，隆哥轻轻地咳了一声。

离开招待所，我脑海里满是刚才忠叔提到的"云端"。我问忠叔"云端"到底是什么，他笑而不答，说是不方便告诉我，让我自己去找答案。他说找到"云端"就可以找到我姐姐，他的目的是要钱，我想他没必要骗我吧。

我努力回忆这忙碌的一整天，好像今天在哪里看见过这两个字，拼命在记忆库中搜寻这两个字。

忽然，疏雨夹风劈头盖脸地落了下来，只穿了一件短袖的我，只得在冷飕飕的夏夜中加紧步伐。

隔着裤袋，有什么东西硌着我抬起的大腿，掏出一看，原来是夏陌表姐夫给我的那张名片。

在被雨点打湿的名片上，画着两片交叠的云朵，图案下面清楚地印着黑体字——云端。

第一章

1717 年，一个名为共济会的玄秘组织在英国成立，他们行事神秘低调，引发众多流言蜚语。因为受到神教的迫害，共济会的成员发明了各式各样的暗号，来表明身份和区分各自的职务。他们知识渊博，通晓宇宙天文、人体解剖学、几何学等，彼此以兄弟互称，团结友爱，同舟共济。传说世界上许多重要的政界人物和著名人士都是共济会的成员，譬如维克多·雨果、路德维希·凡·贝多芬、列奥纳多·达·芬奇等，甚至有美国总统和英国国王。

　　这个目前世界上最庞大的秘密组织，主张追求人的理性和自身完善，完成自身"内在殿堂"的建设，最终进入神的领域。

何小双向我介绍起"云端"的时候，我脑海中第一个想到的便是共济会。

当我打定主意要加入云端的时候，认识的第一个人就是何小双。起初我和她是通过电话联系的，随后互相添加了社交聊天工具，每天都会花上四五个小时闲聊，好像有说不完的话似的。何小双非常健谈，无论和她说起我的哪个兴趣爱好，她都可以聊得很投入。

两天之后，我提出和她来一次视频聊天。

"为什么？"何小双的对话框里弹出一个带着问号的表情。

"就想看看你，总觉得你不是一个真实存在的人。"

"有什么好看的，怕你看了以后会失望。"

"会不会失望看了才知道嘛。"

在我的再三坚持下，何小双终于答应和我视频聊天了。

"你等我一会儿，我先去准备准备化个妆。"

"我都没有准备，你也不用化妆了。"

"那怎么可以！第一次视频总要留个好印象吧。"

说实话，何小双给我留下的第一印象堪称惊艳，虽然她的化妆水平很差，衣着品味也不怎么样，可这些都无法掩盖她的美貌，看见她的笑容，整个世界都会美好起来。

就在这天，视频画面里的何小双突然问我："你想不想和我一起成为百万富翁？"

"百万富翁？"我怀疑自己听错了，又问了一句，"和你？"

"我看你天天那么悠闲，不如来我这里工作，只要肯努力吃苦，还是可以赚到很多钱的，很快就能变成百万富翁了。"

"你在哪儿？"

"德宁市。"

"是什么公司可以赚这么多钱？"我故意提出疑问。

"你听说过云端吗？"

"是那个当红女明星柏雪做广告代言的公司吗？"我提早查过了云端的资料。

"没错。云端可是很出名的公司。"何小双浮夸地说，"这么赚钱的工作很多人都想干，你可要抓紧时间过来，晚了的话，没准儿就没你的位置了。"

我装出兴奋又焦急的样子，要何小双务必给我预留职位，当即就约定乘坐第二天的火车去德宁市找她。我买好次日的火车票，将车次发给了何小双。

"不用来火车站接我了，我自己过去找你就行了。"我其实是想套出她的具体地址。

可哪有那么简单，否则怎么会有这么多人只知道云端的存在，却不知道云端具体在哪儿呢。

"我这地方外地人不太好找，你一个外地人，就算告诉你了也未必能找到。"何小双执意要来接我，我最终拗不过她，就答应让她来接了。

连夜简单收拾了一下行李，将几套替换衣服塞进旅行箱后，我冲了个澡，水龙头喷出的冷水打在身上，令我清醒了许多。终于迈出了第一步，为了避免麻烦，我对何小双隐瞒了加入云端是为了找人的真实意图。

我擦干头发，倒了杯水，已是凌晨两点钟，可能是精神处于亢奋状态，身体一点不觉得疲劳，我打算坐在窗边等着天亮。

不知为什么，终于要接近云端的我，却生出一丝恐惧，除了对云端的未知，还有不知道该从哪里开始找人的迷茫。

夏至的夜晚格外短暂，不知不觉中，淡青色的天际亮起一道橘红色的光，微微有点刺眼。整座城市尚在沉睡之中，我提着旅行箱，踏上了这场特殊的旅程。

先前的重重顾虑，都在出发的时候变成了承担一切的勇气。

我一走出德宁市的火车站，就看见出口处站着一个皮肤雪白的女孩，正举着一块牌子挡阳光，牌子上正写着我的名字。

何小双本人看起来比视频里憔悴一些，甚至有点消瘦，但在人群中依然美丽动人。

我朝她走过去，她根本没有认出我来，我叫了她名字一声，吓得她倒退了几步，手里的牌子差点掉在地上。

我指了指牌子上我的名字："昨晚还视频聊天，这么快就不认识啦？"

何小双朝我露出礼节性的微笑，她和昨晚判若两人，有种从来没有和我聊过天的陌生感。

一只长满汗毛的手抓住了我旅行箱的拉杆，随后一张帅气的脸出现在我面前。我惊讶地看着他的脸，发现除了发型之外，竟然和何小双像是一个模子里刻出来的。

"我是小双的哥哥，我叫何凉生。小双昨晚说有个好朋友要过来，高兴得整晚都没有睡，一早就叫醒我，让我一起来接你。"

说完，他看了何小双一眼，何小双连忙配合地点着头："是啊。是我硬要拖着他来的，你不会介意吧。"

我表示，有人帮我拿行李怎么会介意呢。

"你是第一次来德宁市吧？"何凉生推着我的旅行箱，走在前面问我。

"是啊。"我寸步不离地跟在他后面，生怕他拐走我的旅行箱。

"那今天就带你去德宁市最有名的几个景点玩玩。"

"我们不去公司吗？"

"你才刚来，急什么！"何凉生说，"今天好好玩一玩，等明天我们经理上班了，再带你去公司报到。"

这对俊男靓女的兄妹，怎么看也不像是有钱人的样子，来接我都没有开车。在路边随手拦了辆出租车，我们三个人上了车，何凉生跟司机报了好几个地方，让他依次带我们兜一下。司机表示这几个地方都不顺路，是不是考虑换几个相近一点的景点。

何凉生斩钉截铁道："你就按照我的路线走，不会少你车费的。"

司机正了正坐姿，开始启动汽车，看他精神抖擞的样子应该是因为接了笔大单。

我和何小双并排坐在后座上，她始终一言不发，对我的态度有点冷淡。在冷场的车里，我咬着自己的手指甲，牙齿摩擦着坚韧的指甲，稍稍分散了自己的注意力。我漫无目的地看着窗外飞快掠过的景色，不知道这到底是要去哪里。

何凉生似乎看出了我的心思，像导游一样热情地向我介绍德宁市各处的景点，而每个地方都只是走马观花一样稍作停留，就让我看上一眼，连车都不下就赶往下一个景点。就这么一路上走走停停，我已经在这个小城里被绕得晕头转向，东南西北都搞不清楚了。

最后在高速公路上行驶了一段后，我们在一家酒店门口下了车，何凉生叮嘱司机先别走，在酒店门口等他一会儿。他提着我的旅行箱熟门熟路地走到前台，帮我办理了入住手续。

这家酒店地处偏僻，外观看起来像是厂房改建的，只是简单涂刷了一下外墙。红色的招牌在风吹雨淋后褪了色，上面的字迹已经淡得看不清楚了，如果不是熟人带路，光凭外观根本看不出这是一家酒店，估计下次让我一个人找到这里，也是不可能的事了。

前台是一位年过半百的老妇，她的鼻梁上架着老花镜，翻开登记簿，抬眼问道："你们开几间房？"

"一间就够了。"何凉生晃了晃食指，回答道。

"我们这里只有标准间。"老妇人见我们有三个人，愣了半天。

"标准间够了，我要114室。"何凉生告诉老妇人他只是送我来的，今晚不住在这里。

老妇人问我要了身份证，把号码认真地抄写在登记簿上，她要了我的身份证做抵押，等到退房的时候再还给我。

我心里有一丝犹豫，还没等我答应，何凉生就替我付了房费，将写着阿拉伯数字114的钥匙递给了我："今晚你就先委屈一下住在这里，明天一早我再来接你们去公司。"

"我们？"

"对了，小双今天和你一起睡，你们一定有很多悄悄话要说吧。"

"这个不方便吧？我一个人住就行了。"

"有什么不方便的。"何凉生虎起了脸，"你那么远跑来找她，出门在外，你就当我们是你的兄弟姊妹，彼此之间这点信任都没有吗？"

倒也不是信任的问题，我真怕和何小双相处时会不自在，情愿自己一个人待着。

"不用了，不用了。你们要是有什么事就自己去忙吧。"我边说边看着何小双的脸——没有任何表情变化。

"就住一晚，你别想太多了。"何小双冷不防说道，她干脆利落地从何凉生手里接过我的旅行箱，拉着箱子慢慢往走廊左侧拐去。轮子摩擦地面的声音，响彻空旷的走廊。

"她一个小姑娘都不担心，你有什么好顾虑的，以后把我们当成你在德宁市的亲戚就行了。"何凉生同我告别后，跳上了门口的出租车。当我目送他离开的时候，发现酒店对面停着一辆黑色的豪华商务车，我纳闷开这种豪车的人怎么会来住这种酒店。豪车的玻璃贴着黑色的膜，看不见车里有没有人。

我也没再多想，就回房间了。

一进门，泡面的香味扑鼻而来，我看见桌子上放着两碗泡面，还没吃晚饭的肚子不争气地叫了起来。

"饿了吧。没什么好招待你的，吃点面垫垫肚子。"何小双还细心地替我准备好了叉子。

我和何小双并排挤在桌子前，呼噜呼噜地吃完了面，连汤都没剩一滴。吃完以后，两个人都满头大汗，我满足地靠在椅背上，打了个饱嗝。

何小双笑了起来，我也跟着她笑了。她有点不好意思，拿起空调遥控器低头研究起来。

"好热！是不是空调坏了？"因为出汗，何小双的头发都沾在了额头上。

我递了张纸巾给她："这家酒店，你经常来吧。"

"我是第一次来。"何小双脸红了起来。

她在说谎。

刚才她连指示牌都没看，就知道 114 室的位置，绝对不可能是第一次来。我没有立即揭穿她，她身上的疑点还不只这些，网络上健谈的她，在现实生活中惜字如金，完全就像变了个人似的。虽说现在很多人都是活在社交网络上，可是何小双的反差也太大了。

"我先洗澡了。"何小双走进洗手间，不一会儿响起了水声。

在洗手间和床之间是一块磨砂玻璃，能看见里面人洗澡的影子，何小双曼妙的身材在玻璃后面若隐若现，简直充满了诱惑。

我感觉喉咙有点干，给自己倒了杯水，尽量控制自己不往洗手间看。

水汽慢慢从密封性很差的洗手间弥漫出来，廉价洗发液的味道和泡面的味道混合在一起，实在不太好闻。

我想打开窗户通风，却发现这间房间的窗户居然是假的，窗帘背后的墙壁上，只是做出了一个窗户形状的壁龛而已。

几乎没有客人入住的酒店，为什么何凉生指定要开114室？没有窗户就是选择这个房间的原因吧。

我突然冒出一个想法，没准儿每一个打算加入组织的人，都会被带到这个房间里住一晚？

他们为什么要这么做呢？

我开始在房间的每个角落搜寻起来，会不会有人留下什么讯息之类的。除了在床底下的缝隙里找到几张色情服务的名片之外，一无所获。何小双的手提包就扔在床上，我看了眼玻璃后面的人影，她还在淋浴喷头下面冲洗着身子，我迅速拉开了包的拉链。包里没有夹层，除了纸巾、头绳和口红之外，竟然什么都没有。

对于现代人类来说，钱包、钥匙、手机是必不可少的随身物品。随着智能科技的发展，手机的支付功能渐渐替代了现金和信用卡，就像移动电话问世以后，手表的功能性被大大削弱，也许将来手表和钱包都会变成仅供装饰用的奢侈品。而越来越多的电子门禁锁和指纹识别技术，也让不带钥匙出门的人越来越多。然而，没有人可以离得开手机，毫不夸张地说，在某些特定的场合，手机甚至比机主本人更加重要。一个人所有重要的隐私、信息、财产、社会关系，都汇集在这方寸之间的电子产品上，没有手机简直寸步难行。和我在手机里能聊上一整天的何小双竟然没有随身携带手机，这加深了我的怀疑。

在手机另一头，和我聊天的究竟是不是何小双本人？

还想再仔细翻一下包，洗澡的水声却戛然而止，我慌忙把东西都塞回包里，拆开一次性拖鞋，坐在床边假装换鞋。

何小双身上围着一条浴巾，露出修长的四肢，捅着一头湿漉漉的头发。她带着羞涩的表情，走到床边俯下身子，在自己的手提包里翻找头绳，雪白丰满的胸部就正对着我。

面对这么香艳的场面，我好像有点眩晕，一个如此美丽的尤物，实在忍不住多看上几眼。

"你能转过身去吗？"何小双脸上飞起两朵红晕，找到头绳的她折回了洗手间。

我看见她右后肩膀处，有一道紫色的瘀青，浴巾恰巧只遮住了一半。

"你的背怎么了？"

"没事。"何小双左手绕到背后，挡在瘀青的位置，闪进了洗手间。

我的旅行箱里有常备的药膏，我刚想起身去拿，双脚却不听使唤，我感觉身体异常地疲惫，哪怕动一下手指都不轻松。洗手间里响起了吹风机的声音，仿佛有双隐形的手，将我的床往远处推去，吹风机的声音变得越来越遥远，整个房间开始旋转起来，我的眼皮打起了架，终于再也支撑不住，整个人失重般栽倒在床上，然后就什么都不知道了。

当我睁开眼睛时，太阳穴突突地跳动着，眼眶周围很涨，头痛得厉害。

"你醒啦。"何小双已经穿戴整齐地站在我面前。

"现在几点？"

"快八点了。我再给你泡碗面，吃完差不多我哥就来接你了。"

还是昨晚的泡面，何小双利落地撕开包装，将调味包一一放入，坐在电水壶旁等着水烧开。

"已经是早上了？"我坐了起来，想找手机看看时间，却怎么也找不到，"我手机呢？"

"你的手机没电了，我帮你插在那里了。"何小双指着墙角正在充电的手机说。

我向她道了谢，拿过旅行箱，想找里面的药膏，却发现有人翻过我的旅行箱。我叠衣服的方法很特别，为了节省旅行箱的空间，我喜欢将衣服都叠成圆柱形，显然翻我旅行箱的人不会我的叠法，只是把衣服卷起来了事。

我看了眼何小双，她避免和我有视线接触，凝视着电水壶冒出的热气。

我拿出旅行箱里的药膏递给她："看到你身上有伤，贴我这个恢复得更快。"

"不用了。不用了。"何小双看都没看我手里的药膏，就连连摆手。

"这是泰国的秘方，效果很好，据说都是给拳手疗伤用的。我还有最后一盒，全部给你。"

听了我的介绍，何小双有些心动，不过还是婉拒了。

"就当是感谢你为我泡的方便面吧。"我把药膏硬塞进她手里。

"谢谢你。"何小双竟有点哽咽。

电水壶里的水已经沸腾，发出刺耳的声音。何小双就像没听见一样，坐着一动不动。

泡面只有一碗，我问何小双："你吃过早饭了吗？要不这碗面我泡给你吧。"其实我是想到昨晚自己突然睡着，可能是吃的东西里被下了药。

何小双听到我的话，"噌"的一下，抢在我前面拿起泡面，统统倒进了抽水马桶里。

"你干吗？"我问道。

"这面不好吃！"何小双将泡面的纸杯揉成一团，丢进了垃圾桶。

当我还盯着垃圾桶为泡面惋惜的时候，何小双突然变得严肃起来，对我说："你快走吧！"

"为什么？"

"趁我哥他们还没来，你拿上东西快走吧。"

"可是我还没加入云端呢？"

"来不及跟你解释了，你跟我走。"何小双二话不说，抓住我的旅行箱，开门往外走去。

"到底发生什么事了？"我拖着来不及穿好的鞋子，急忙跟在何小双后面。

"你知道云端到底是什么组织吗？"

"可以让我成为百万富翁的地方。"我终于穿好了鞋，追上她说道，"不是你告诉我的吗？"

走到酒店门口的何小双突然收住脚步，半转过身子，我差点和她撞个满怀。清晨的阳光打在脸上，她那双美丽的大眼睛和湖水一样清澈，她皱着眉头，眼里夹杂着悲伤的光。

"你知道云端是有多恐——"

何小双朱唇微启，她还没来得及说出下一个字，就有人喊了她的名字。

"小双，你们怎么到外面来了？"何凉生快步走进酒店，狐疑地看着我们。

何小双吓了一大跳，紧张地把我的旅行箱往身后藏了藏。

"小双说你快到了，我就提议到门口来等你。"我说道。

何凉生露出一个"是吗"的眼神看着我，我才意识到自己是刚刚起床，仪容完全没有整理过，何凉生应该一眼就能看出我是一副很仓促的样子。

"你昨晚睡得还好吧？"

"睡得挺香的。"我偷偷理了理翘起来的头发说。

"你吃过早饭没有？"何凉生又问道。

"我肚子有点不舒服，吃不下去。"

我看见何凉生瞪了何小双一眼，转而对我说道："我现在就帮你办理退房，你们先上车，主任还在等着我们。"

酒店门口停着的正是昨天我看见的那辆黑色豪华商务车，我从何小双手里接过旅行箱，握杆上全是汗。我们再也没有说话，一前一后上了车。

除了司机和我俩之外，车上还有一个男人，他坐在司机后面的位子，指挥何小双坐到了最后一排，男人对我拍拍他身旁的空位，示意这是我的位子。等我坐定以后，男人主动热情地和我握起手来。

"我是何小双和何凉生的上司，如果没意外的话，也会是你的上司，你可以叫我Jack。"

我后来才知道，Jack本名叫苏忆，长了一张和年龄不相符的早衰脸。他的下颌比一般人突出，很像一种专门捕食鱼的鸟类——鹈鹕。虽然他职务不高，只是主任级别，可因为是直接的管理者，其实权力非常大。

商务车的电动移门再度打开，何凉生钻了进来，他没有坐副驾驶座，而是翻下靠近移门的临时座椅，坐在了我旁边，他和Jack一左一右，把我夹在了中间。

"还是老规矩。"Jack吩咐何凉生。

何凉生拿出一个黑色的布袋递给我："公司所在地需要保密，路上你就委屈一下吧。"

也容不得我拒绝，何凉生就将黑色布袋套在我的头上，袋口一直拉到脖子，我什么也看不见了，在不透风的布袋里甚至都有些呼吸困难。

我听见Jack叫司机开车，车身一阵倾斜，应该是在原地掉了个头，然后一路向前。我心里默数着数字，想要计算出目的地距离酒店的路程，可是汽车走走停停，颠簸转弯，很快我就记乱了数字，连最基本的东南西北方向也搞不清楚了，根本不可能像电影里拍的那样，蒙着头还能记住路线。

一路上，粗糙的布料摩擦着我的皮肤，除了能听见自己的喘息声，车里鸦雀无声，谁也没说一句话。

也不知道过了多久，我觉得有一个小时左右，车身往前倾斜，应该是驶入了一个地下停车场。我透过布袋依稀听见刺耳的声音，地下车库地面通常都会刷地板漆，汽车转向时轮胎与地面摩擦就会发出这种声音。

车终于停了下来，我依然套着布袋，由何凉生兄妹搀扶着下车。我像个盲人一样缓慢地在黑暗中挪动脚步，总怕撞上面前的障碍物，步子迈得很拘谨。走了很长一段路之后，何凉生提醒我要上楼了，他帮我数着台阶，我们走上一段又一段的楼梯，接着又是一段平地，我听见身边渐渐变得吵闹起来，像是来到了一间会议室。

这时，我头上的布袋终于被拿掉，周围明亮的光线让我一时睁不开眼睛，我只能眯着眼睛观察四周，发现这里并不是办公的写字楼，而是住宅房里的一间客厅。客厅大约四十平方米，地上坐着许多人，大家正在听站在黑板前的男人演讲，听讲的人们不时爆发出整齐的掌声。

我的眼睛逐渐适应了光亮的环境，视力渐渐恢复。演讲的是一个清瘦的男人，他理着平头，皮肤白皙，戴着金边眼镜，讲话时露出被烟熏黄的牙齿，像中学里最让学生讨厌的任课老师。听讲的所有人都盘腿席地而坐，我粗略数了一遍，大约有三十个人，几乎都是二十多岁的年轻人，男女比例大约相当，男人稍多一些。

何凉生拉着我在最后一排找了个位子坐下，低声说道："在上面讲话的就是我们的经理穆一峰。"

穆一峰正慷慨激昂地说着致富之路："所有的成功都是可以复制的，你们在座的每个人都有机会成为下一个比尔·盖茨、下一个乔布斯，只要你们愿意付出，用眼睛去看，用耳朵去听，用心去感受，这个世界是不会对你们的努力置之不理的。我希望下个月的今天，可以从在座的诸位之中选拔出一位最优秀的人，和我一起去见云端的女神。你们要相信云端、相信我！更要相信你们自己！"

所有人都起立，振臂欢呼，掌声雷动。

"女神是谁？"我不由得好奇地问何凉生。

坐在我身前的一个女人听见我说话，转身白了我一眼，嘀咕道："连女神都不知道，居然还来云端？"

何凉生笑了起来，对我说："别着急，等你加入了我们的大家庭，自然就会知道。"

穆一峰结束了演讲，Jack 上前和他耳语了几句。穆一峰朝我所在的位置搜寻了一番，最终和我对了个眼神，微笑着对我颔首致意，我也朝他欠了欠身。然后穆一峰又对 Jack 说着什么，Jack 频频点头后，送走了他。

Jack 关上了铁门，掏出钥匙，在铁门上加了一把挂锁。他小心地把钥匙放进口袋，看起来这个地方不允许随便出入。

Jack 走到众人面前，开始介绍起我来。他语速很快，应该不是第一次介绍刚加入的新人了。他向我简单介绍了这里的制度，所有人被编为三个人的小队，互相照顾和帮助，因为我是通过何小双才加入的，自然和何小双兄妹成了一组。

我和所有人一一握了手，大家都自报了家门。因为人数众多，大家的名字我听完就忘，更何况也不知道他们用的是真名还是化名，本身我就没兴趣和这些人交朋友。

"所有人都在这里了吗？"我偷偷问何凉生。

"怎么？你在这里有认识的人？"何凉生忙补充道，"就算有熟人，你也算是我小组的成员。"

我否认道："我在这里怎么可能有熟人呢？只是随口问问而已。"

何凉生这才放心地告诉我："我们现在的这个地方，只能算得上是一个新人的训练营，这样的训练营在全国各地有十几个，只有在这里做出成绩的人才会被选派到总部，才能在女神的身旁得到庇护。"

"什么样的成绩？"

"让自己的小组越来越壮大，成为组长的人才会不断晋升。"

"那你见过女神吗？"

"我还没有资格。只有像穆一峰那种管理层级别的人，才有机会见到女神，甚至连 Jack 至今都没有见过女神。"

"女神到底什么样？"

何凉生向上翻着眼睛，思考片刻后，反问我："你相信这个世界上有神的存在吗？"

"那得看……是什么情况了。"我被问得猝不及防。

"据说女神能消除人们身上所有的疾病，哪怕是癌症晚期患者，也可以被治愈。虽然我没有亲眼所见，但是女神拥有非凡的神力，所有见过女神的人都这么说。"

"所以大家加入云端都是因为女神？"

"只要受到了女神的保佑，连绝症都可以治好，女神透露一点发财的方法，要成为百万富翁简直易如反掌。"

我看见何凉生眼睛里充满了粉丝对偶像般的狂热，虽然我对云端做过一番前期调查，可是关于女神的事情还是第一次听说。云端拥有如此众多的信徒，暴富只是表面现象，或许还隐藏着更深一层的阴谋。

简单来说，我所了解到的云端是一个国家明令禁止的传销组织，他们通过不停发展下线，让成员骗取亲朋好友的信任来加入他们或者骗取其财物。通常是用高薪职位的理由将人骗来入伙，被骗来的人先软禁于此，经过一番"培训"之后，他们以各种各样的理由让熟人给自己转账打钱。骗的人越多，累计的金额也就越高，晋升得也就越快，其中真的有人发了财，在金字塔顶端享受着后继者们带来的大笔不义之财。这种极端的个例在云端的组织里被不断放大，成天给成员们编织着不劳而获的白日梦。

只有身在组织之中，才能感受到除了金钱上的诱惑，对于这些成员来说，见到传说中的女神，似乎才是他们最大的动力。云端和共济会还是有很大差别的，与其说云端是一个传销组织，不如说是一个教会。无论是哪一种，它都是不合法的存在，云端如此行踪神秘的背后，其实也折射出它对于法律的谨慎。

这里的成员接受军事化管理，所有人不许擅自外出，不许私自和外界联系，每个人会被统一分配牙刷、牙膏、毛巾、脸盆、被子等日用品，吃饭也是用一样的碗筷，白天所有人都会集中在客厅里"上课"，听 Jack 主讲如何走上致富之路，他不厌其烦地讲著名人物的成功史，总结出一条条的宝贵经验，听完他的课会觉得浑身充满了动力，想要大干一场。每次讲完课，他都会问有没有人愿意进入歇宿。

所谓"歇宿"，是存放所有人重要物品的房间，也是属于 Jack 的私人办公室兼卧室，未经允许谁也不准踏入房间半步。自从我进入这所住宅，我的手机、身份证甚至是钱包，都被放在了歇宿内。从第一天酒店登记开始，何凉生就有意拿走了我的身份证，回想起来，这一切都是他们计划好的。在酒店的那晚，我在吃了泡面之后便睡意渐浓，没准儿何小双在面里给我下了药，目的就是拿走我的钱包和手机。没了这些随身物品，别说回上海，就算是离开那家偏僻的酒店都很困难。真感谢那天早上何小双倒掉了泡面，否则我吃了那碗被下药的泡面后，估计他们连头套都省得给我戴了。

听何凉生说，只有进入歇宿的人才有机会拿到自己的手机，这些人会在 Jack 的监视下，和通讯簿里的人一一联系，期望可以说服他们加入云端。这件事听起来有点讽刺，在这所铁门紧闭的住宅内，叫作"歇宿"的房间才是和外界联系的唯一通道。

到了晚上，三人小组会被打散，男女分开睡在两个房间，男的人数稍多一些，所以房间也较大。地上垫着凉席，所有人一字排开睡在地板上，因为房间面积有限，所以睡觉的时候格外拥挤，晚上转身动作大一点，就容易撞到睡在身旁的人。

在这样的环境下生活，日复一日地生活，每个人都会变得步调一致，从说话时的语气、神态、动作，乃至思维方式都会很相近，连放在杯子里的牙刷的方向都整齐划一。屋子里的每个人都对致富充满了信心，对女神的信仰更是近乎疯狂。

　　我是来找人的，对于赚钱、崇拜这些事情都没有兴趣，但当你在这样的集体当中，很容易迷失自己的个人意识。

　　真正进入云端组织后，一开始都会觉得自己被骗了，大多数人在这样一个封闭的环境里，因为从众心理以及在反复洗脑的攻势下，最终都会成为一个屈从的成员。

　　我发现有个人和我一样，假装融入这样的集体当中，打着自己的小算盘，那个人就是何小双。

　　在酒店的第二天早上，她突然让我离开，明明是想救我，不想让我受骗加入组织，但是这件事情没有成功之后，她对我保持着若即若离的态度，可能我表现出的对致富的渴望，让她觉得我无药可救，生怕我把这件事情告诉 Jack 来邀功。

　　这还不是最让我疑惑的事情，有好几次看见何小双有意无意盯着 Jack 看，起初还以为何小双对 Jack 有爱慕之情，可她对 Jack 演讲的内容没有表现出很大的兴趣，每次都会躲在后面偷偷睡觉。后来才发现她看的不是 Jack，而是 Jack 脖子上的钥匙。因为夏装没什么口袋，于是 Jack 就把铁门和歇宿门的钥匙用皮绳穿起来，挂在自己的胸前，就算是开门或是锁门，他也不会将钥匙从脖子上取下来。Jack 走起路来，时不时发出"叮当"声。每当 Jack 走进歇宿时，何小双总会滑脚到门旁，找机会往门缝里偷瞄几眼。要不是她之前对我的警告，这些行为是不会引起我注意的，通过观察我有八成把握可以确定，何小双想要从这里逃跑。

晚饭后，何小双的身旁围着三个男人，他们三人是一个小组的，应该在加入组织前原本就互相认识，看他们手臂上都文着相同的骷髅图案，以前可能是不良少年。其中一个染着黄毛的扯着怪腔，正说着什么玩笑话，把何小双逗得笑逐颜开，她拍着黄毛的胸口，娇嗔地让他快停下别说了。可是黄毛并没有停下来的意思，和其他两个同伴笑得更大声了，其中一个男人还趁机拍了一下何小双的屁股，何小双毫不生气，给了那人胸口一记粉拳。

"把东西交出来！"

一个暴怒的声音在歇宿的门口响起，瞪着双眼的Jack怒视着何小双。

"什么东西？"何小双的脸"唰"的一下变白，和身边的男人面面相觑。

"阿生，给我搜身！"

Jack一声令下，何凉生走向了何小双，原本各自在闲聊的众人纷纷围了过来。我挤到了靠近何小双的地方，想知道究竟发生了什么事。

只见何小双藏在身后的双手颤抖起来，何凉生站在她面前，凶狠地喊道："双手撑着墙，双脚分开！"

看着何小双快要哭出来的表情，我正打算挺身而出的时候，站在何小双旁边的黄毛默默转过身去。

虚惊一场，原来何凉生是在对黄毛喊话，还好我没冲动站出来。

何凉生开始自下而上对黄毛进行搜身，当他的手摸到黄毛后腰一块凸起物的时候，黄毛试图捂住那件东西不被拿走，却被何凉生抢先一把从他裤子里扯出一块肥皂，肥皂的外面用透明薄膜包着，我猜应该是保鲜膜。何凉生推开黄毛，检查了一下肥皂后，朝 Jack 点了点头。

"给我把他套起来！" Jack 命令道。

几个手下抓住黄毛，没等他叫喊，何凉生就用一块布堵住了他的嘴，随后一只大布袋从头到脚套住了他，一拉紧袋口，黄毛整个人横倒在了地上。布袋像一颗硕大的花生在扭动，黄毛在拼命挣扎，他的两个同伴连连后退，生怕自己受到牵连一样远离布袋。

我瞄见何小双擦了擦汗，满脸惊恐。

Jack 提着一根棒球棍走近布袋，一只脚踩在黄毛身上，布袋里发出呜咽的哀号声，听不清他在说什么。

屋子里的所有人都聚集在客厅里，何凉生将搜到的肥皂递到 Jack 手里，Jack 举起肥皂向大家展示道："这个人把我的钥匙印在了肥皂上，想要复制一把钥匙逃跑，这种行为是严令禁止的，必须要严惩像他这样的叛变者。"

Jack 挥舞起棒球棍对着布袋一顿痛揍，黄毛在地上拼命翻滚，布袋上渐渐渗出了血丝，布袋里的动静也变小了。Jack

没有停手的意思，继续用棒球棍击打着布袋，他下棍的地方布料颜色慢慢变深，连何凉生都不忍心直视，扭过头去。终于，Jack 打累了，气喘吁吁地将棒球棍丢在一边，他指着黄毛的两个同伴说道："你们和他是一个小组的，就要时刻监督彼此，如果同组有人试图逃跑或者逃跑了，同组的其他人就以同谋论处，和他今天的下场一样。"

说完，Jack 朝布袋挥挥手。

何凉生招呼两个手下，一起将布袋抬入了密室，布袋从我眼前经过的时候，已经完全没了动静。黄毛应该受了蛮严重的伤，可是看情形，Jack 根本没有想要送他去医院的打算。遭受这样残忍的殴打，黄毛很可能已经丧命了。

何小双偷偷呼出一口气，绞在一起的双手也松开了，她近日忽然和黄毛的亲近，也许带有某种目的。

Jack 更换了铁门和歇宿的门锁，钥匙保管得也更加严密了。从那天开始，我就再也没有见过黄毛，也没有人提起过他。Jack 对大家说黄毛当晚离开了组织，前往女神身旁忏悔去了，等他得到女神的原谅，才会重新回到这里来。

也许黄毛再也不会回来了。

我完全转变了原来对云端的印象，甚至感觉到了一丝恐惧。

第二天清早，所有人还没起床，我在朦胧中听见了 Jack 的说话声，他在对谁窃窃私语。片刻之后，铁门上的门锁被打开，因为睡在地上，我可以清晰地听见有很重的东西在地上拖行的声音。我想象着布袋里黄毛的尸体，被拖下楼装进汽车的后备厢，丢弃在人烟稀少的荒郊野外。尸体被野狗撕成碎片，直到腐烂化为白骨，再也没有人可以认出他的样子。

我只不过是来找人的，没想到这里居然是个杀人不眨眼的魔窟，可现在一时也没办法离开，除了在这里继续待下去之外，也别无选择。

我在吃饭睡觉学习之余，借机和各个学员搭讪，希望可以更加详细地了解云端。

虽然所有人都比我早一些加入云端，但好像对于整个体系知道的事情也不是很多。在这里没有电视机，也看不到报纸，我对于云端的了解，都是从 Jack 每天的演讲中获取的。

虽然云端以信奉女神为宗旨，但是组织在运营时还是需要金钱的支持，这么多人的吃喝拉撒每天都需要花钱。云端在十六个省市都有这样的聚集场所，表面上主要经营销售养生保健品，每一个进入云端的人都有自己的销售指标，根据业绩来划分等级。云端内部共分五个等级：业务员、组长、主任、业务经理和老总。每一个等级的晋升标准,是看你发展了几个人进入云端，例如我的加入就算作何凉生的业绩，于是他就成功从业务员晋升为组长。通常组长掌管 3 至 9 人、主任 10 至 64 人、业务经理 65 至 599 人、老总统管 600 人以上，职位越高，相应的收入也会越高。有些人用百万年薪的谎言欺骗亲人、朋友或是同学加入云端，当受骗者来到这里后，继续被 Jack 洗脑，做着不劳而获就可以发财的美梦。他们最后会被同化成和欺骗者一样的人，接着去欺骗更多的人。

不过，绝大多数人是不会上当的，所以要晋升到高职位是一件很具有挑战性的事情，据说 Jack 加入云端三年，已经在这里做了两年的主任，手下的成员数量一直没有达到晋升的要求。新加入的成员变少了，Jack 才会非常在意现有成员的流失。

黄毛那件事情后，何小双疏远了自己的哥哥何凉生，她和我也没什么话说，经常一个人坐在窗户旁发呆，谁和她说话都不理睬。有两次我从背后叫她名字，她都是一副很害怕的样子，看到是我才平静下来。何凉生经常陪在 Jack 身旁，Jack 也十分器重他，日常的事务大多交由他来打理。何凉生就像是 Jack 安插在成员之中的眼睛和耳朵，稍有风吹草动，Jack 都会在第一时间知道。忙碌的何凉生以及冷漠的何小双，我所在的这个三人小组，彼此之间几乎没有任何交流。

因为学习时间尚未累积到规定时长，我还没有资格进入歇宿，看着其他成员进入歇宿，甚至有小部分人可以和 Jack 一同外出，我心里有点着急起来。不知道要多久才能从这里出去，时间是我最大的敌人，但现在我缺少逃出去的办法和勇气。

暴雨倾盆的一夜，我在半夜被雷声惊醒，再也睡不着了。

自从听见布袋被拖出去之后，我的睡眠质量就一直不佳，于是起身去上洗手间。

房间里点着小夜灯，呼噜声此起彼伏，我小心地踏出每一步，以免惊动了其他人。

当我走出房间的时候，Jack 和两个手下在门口撕扯着，没有开灯，借着外面走廊窗户洒进来的月光，我看见他们三个男人正捂着何小双的嘴，不让她喊出声来，将她往外面拽。何小双扒在门框上的手指，被一根一根地扳开，她娇小的身子被粗暴地拉扯出我的视线之外。

在这样安静的一个晚上，外面的雨声打在玻璃上，令我胆战心惊。

留下一扇空空荡荡的门，空无一人。

突如其来的机会让我有点畏惧，我听见自己急促的呼吸声，一狠心，迈步往大门冲过去。

谁知，Jack 突然折返回来，我无处可躲，只能贴着墙蹲下来，一动不敢动。Jack 没有走进屋子，站在门口，急匆匆地从脖子上取下钥匙，对着走廊地上的一片阴影说道："我先走了，你替我把门锁好。"

地上的那片阴影动了动，黑暗中伸出一只手，接过 Jack 手里的钥匙。Jack 拍了拍阴影，转身快步离开。

那片阴影缓缓站起身来，看那人的身形轮廓，我认出居然是何凉生。他无精打采地低着头，朝我走来，好在屋子里比外面暗，他没有看见蹲着的我。

何凉生拉起铁门，挂上了锁，还来不及拔掉钥匙，突然抱头痛哭起来，弓下背后剧烈地抖动着，他生怕自己的哭声吵醒别人，捂住自己的嘴，发出断断续续的抽泣声。

我近距离地看着他，他依然没有发现我。前几天他还在众人面前助纣为虐，可是现在在人后哭得这么伤心。

"你在干吗？"我按捺不住，问他道。

"谁在那儿？"何凉生吓得声音都变了。

"是我。"我走到铁门旁，看了一眼外面的走廊，问他，"刚才发生什么事了？"

何凉生警觉地锁上铁门，抹了抹眼角，说："没事，没事，天亮前他们就回来了。"

"没事你为什么在哭？"

我的嗓门有点大，惹得何凉生连忙示意我轻一点。我们在黑暗中站了一会儿，确定没有惊动任何人之后，才又开始说话。

"到底怎么回事？"我没有降低音量，催问着何凉生，"你不说，我可是会一直问下去的。"

他怕我吵醒其他人，不得不压低了声音对我说出实情。

黄毛事件引发了连锁反应，有人向Jack偷偷举报何小双疑似要逃跑的行为。Jack警告何凉生，要是有成员逃跑，同小组的成员会受到相同的惩戒，黄毛的下场就是前车之鉴。

"我这是救了你。"何凉生对我说,"要是何小双逃跑了,我和你都逃不了干系。"

"所以你举报了自己的妹妹?"

"我也没办法。Jack 答应我不会为难小双的,只是要对她进行一次彻底的净化。"

"这么晚了,为什么要去外面?"

"Jack 说带小双去见女神。"

"女神?"

"见过女神之后,小双就再也不会逃跑了。"何凉生哭丧着脸说。

我骂了句脏话,我和何凉生都很清楚,Jack 至今都没有见过女神,怎么可能半夜带何小双去见女神呢?

何凉生低着头,像个犯错的小孩,心里还幼稚地抱有一丝幻想。

"开门!"我对何凉生说。

"别闹了。"

"我要去把何小双找回来。"我用力推了何凉生一把。

何凉生被我激怒了:"你别以为我不知道,酒店退房的那天早上你和小双就不对劲儿,要不是我提早赶到,你就逃走了。你现在又想趁这个机会逃跑,拿我当傻瓜吗?"

"你还是不是男人!"我实在不知道该说什么好。

我一直不相信世界上有洗脑这件事,一个有行为能力的人怎么可能因为几句话就彻底改变呢？但是眼前的何凉生，让我见识到了不可思议的洗脑术。

我气得两手发抖，一夜没合眼。天慢慢泛白，临近起床的时间，我有点支撑不住了，大概只睡了十分钟的样子，开始有人陆续起床了。

外面的雨已经停了，打开的窗户送来阵阵凉风。当我来到客厅的时候，何小双已经回来了，她正用毛巾擦干湿漉漉的头发，耷拉下来的刘海儿，让我看不清她的脸。我和她道了早安，她有气无力地回了我一句，她的鼻音很重，好像感冒了一样。我看见她手腕上有新的伤痕，三条很清晰的瘀青，是被人抓住手腕才会留下的。

我想到曾经看见过她身上的伤，想必她经历这样的事情不是第一次了。

等到身边没什么人的时候，我咬着后槽牙，对她说："小双，我带你离开这里吧。"

"离开？"何小双歪着嘴笑了起来，眼神轻蔑地看着我。

"在酒店失去的机会，今天我不会错过了。"我亮出了挂在皮绳上的钥匙——昨晚推搡何凉生的时候，从他身上拽下来的。现在 Jack 和何凉生都还没有起床，丢失钥匙的事情还没人发现。

何小双张着嘴，从我手里接过钥匙，有点不敢相信："真是铁门的钥匙？"

"现在就走！"

为了证明给她看，我用钥匙打开了铁门上的挂锁，慢慢推开足够一个人通过的空隙，外面是我陌生的走廊。只要迈出这道铁门，就能获得自由，摆脱这个如同禁室一样的地方。

何小双走过来，我侧身站在门边让出道等她通过，谁知何小双拉住门把手，把我打开的空隙又合上了。

"你这是干吗？"

我再次想要拉开门，但手被何小双死死按住。何小双从我手里夺过钥匙，重新锁上了铁门。

"你疯啦！"我眼睁睁看着何小双毁了大好机会。

"你以为这样走出去就能逃走吗？你身上没有一分钱，出了门连公交车都坐不起，手机和身份证都在 Jack 手里，你谁也联系不上，酒店也没法住，火车票也没法买。德宁市就巴掌大的地方，能离开本地的汽车站和火车站都挨在一起，没准儿你在去火车站的路上，就已经被他们追上了。这里可是云端的地盘，是在女神的脚下，你能跑得了吗？"

我不知道该怎么反驳她，她的话不是没有道理，我在这里人生地不熟的，连自己在什么位置都不知道。从这里逃出去，不出半个小时就会被发现，逃出这道铁门，外面的德宁市是一个更大的禁室。

"你们俩在干吗呢？"何凉生从房间里走出来，揉着睡眼冲我们喊道。

何小双板起脸，厌恶地皱了皱眉，轻声骂了句："狗腿子！"

"你说什么呢！"何凉生生气道。

何小双权当没听见，用毛巾盖住头，擦着何凉生的肩膀走进了房间，她走到何凉生背后的时候，将那把钥匙扔在了他的脚边。随后她跺跺地板，提醒何凉生："别丢了钥匙，小心狗主人要你的命！"

何凉生忙不迭捡起钥匙，他这才意识到钥匙没在身上，立刻跑到门边检查了一下门锁，确定没问题之后，才转了转眼珠，当我不存在一样，冲进了大家睡觉的卧室。

他一定是去清点人数了，要是有人在他保管钥匙的晚上逃跑，他可就要背黑锅了。

我庆幸自己刚才没有逃跑，不然才过五分钟，这个屋子里就会拉响警报。

猛然，我想到了一个可以从这里神不知鬼不觉地逃跑的绝佳办法。

第二章

"发行的第五套人民币一百元面值纸币，国家领导人头像一面的左侧，有一处被分成两瓣的防伪标志酷似电话，预示着云端的壮大需要通过电话邀约。纸币另一面的图案，靠左是五根大圆柱，云端内部正好分为了五个晋升等级，右边的上下各有 30 个和 20 个圆点，两个数字相乘正好等于 600，纸币的正反两面共有六个 100 的面值数字，总和也等于 600，寓意是在云端达到 600 人的手下就可以成就巅峰。将整张人民币卷起，上下两条边对齐后会形成一个被祥云环绕着的凤凰，象征云端筑巢引凤。一根隐藏的防伪金属线贯穿纸币，代表云端目前秘密运转的状态。这一版纸币的发行年份是 2005 年，这也正是云端组织创建的时间。

　　"而这一切要证明的是，云端组织的背后有着最为强大的后盾——整个国家政府。"

　　当 Jack 在黑板前，指着一张破旧不堪的一百元，滔滔不绝地说出这些巧合时,我差点就相信他的胡扯了。

以前每逢春节过后,我都会跑去父亲的公司,父亲手下的员工都会给我压岁钱。就在我第一次看见新版红色的一百元时,会计阿姨跟我普及过新版人民币的防伪标志。Jack 说的这些都是对防伪标志的歪曲解释,希望通过国家的货币来增加云端组织的威望,骗取更多人对于云端的信任。

姐姐怎么可能会相信这样的鬼话,变成虔诚的信徒呢?

我来了几天都没有看见姐姐,既然忠叔说姐姐在云端,那就一定错不了,以他通吃黑白两道的实力,不会信口乱说的。姐姐如果不是逃走了,会不会已经死了?我停止了自己凭空的猜测,因为无论如何,只要有人离开了这个地方,是再无回来的可能的。

既然在这里没有找到姐姐,我的当务之急是尽快离开这个屋子。

在这个毫无私人空间的屋子里,每天除了上课,就是阅读大量的成功学和营销方面的书,生活十分枯燥,因为无事可做,所以大家睡觉的时间也比较早。我在所有人都睡下之后,申请到客厅里抽烟。开始两天,Jack 派人暗中监视我,我给他们也发一根新买的烟。这烟的口味不只我一个人不喜欢,他们抽了一根之后,就再也不收我的烟了。

我每晚重复做着相同的事情:夜深人静之后,点上一根烟,坐在客厅的窗边消磨时间,等到烟慢慢燃尽,让烟雾充满整个空间，我才会在窗台上掐灭烟头，打开窗户通风换气。

为了防止有人逃跑，男女卧室的窗户都是封闭的，被焊上了铝合金的防盗窗，缝隙仅够穿过一只女人的手臂，连开窗都很勉强，更别提从卧室窗口逃跑了。

不过，客厅的窗户没有安装防盗窗，这并不是 Jack 的疏忽，因为客厅窗户的外面，没有任何可以立足和支撑的外墙，光滑的墙面再加上七层楼的高度，想要从窗户逃走是不可能的，装防盗窗也就多此一举了。

为了取得 Jack 的信任，我开始认真地研究他的课程，以前在饭桌上，父亲和母亲经常会谈论一些公司的营销策略，等 Jack 演讲完，我主动找他，照搬父母亲说过的那些话，和 Jack 胡侃一通，对管理组织的方法提了一点建议。我提出小组的组长实行业绩轮换制，如果组员的业绩超过组长，可以取代原来组长的位置，提高整体的竞争意识，以免组长依靠组员的业绩而不思进取。Jack 听了我的话，抚摸着胡楂稀疏的下巴，轻轻地点着头。

第三天晚上，他们果然放下了戒心，没有人在意我抽烟这件事情了。我把窗户关了起来，将点燃的香烟搁在窗台上，少许烟味会飘进房间，他们会以为我又在抽烟了。

我走到门边查看那把挂锁，是一把 B 级挂锁，防盗防撬的性能很好，想要暴力开锁的难度太大。我仔细检查了月牙形的锁口，发现这应该是一把通开型的锁。所谓通开型，是指锁本身有钥匙可以打开，但会有一把管理员钥匙，可以通开这个系列的所有挂锁。

托家族企业的福，我恰巧有一把这样的钥匙。

钥匙没有随身携带，放在我随身行李的包里，包还在睡觉的房间里，我犹豫要不要去拿钥匙，今晚就动身离开。烟雾慢慢消散，窗台上的香烟已经快燃尽了，木质的窗台有点被烧焦了。我着急想跑到窗边，不小心松开了手里的挂锁，挂锁撞在铁门上，发出清脆的声音，虽然不是很响，可在这样宁静的夜晚，简直就像一颗炸弹。

我敢肯定一定有人听见了声音，很快就会有人出来。

我立刻摁灭了烟头，打开窗，刚把烟头扔出去，何凉生就从房间里冲了出来，Jack 的歇宿门也打开了，发型凌乱的他探出头来，问何凉生："怎么了？"

何凉生朝我努努嘴。

一滴冷汗滑过我的后背，我故作镇静地握住窗户上的把手，笑着解释道："关窗的时候撞到窗框了。"

何凉生怀疑我说的话，走到我身边，用手指捻了捻残留在窗台上的烟灰，应该是感觉到了烟灰的温度，这可以证明我刚才确实是在窗边抽烟。他没有说话，又往防盗门走去，低头查看了一番挂锁后，开口问我："你刚才抽烟开窗了吗？"

"当然。"

"为什么不把烟灰弹到窗外去？"

"那些烟灰是我不小心掉在窗台上的。"

"如果你开着窗，为什么窗台上的烟灰没有被风吹散？"

我被问得一时语塞，何凉生毫不留情地指出我谎言中的破绽，我冷汗直冒，不停在心里问自己应该怎么办。

"你是在怀疑我吗？"我只能虚张声势，摆出一副问心无愧的样子。

"没错。我就是怀疑你。晚上没事一个人在客厅抽烟，你到底有什么目的？"

"我抽烟碍着你了？"

"就看你不顺眼，怎么着？"

"别以为你是组长就高人一等，有什么了不起。"

"怎么？你有本事就来做组长。"

何凉生被我激怒了，我俩你一言我一语地吵了起来。我这才明白何凉生如此针对我，是因为我向 Jack 提出组长轮换的制度，让他觉得地位受到了新人的威胁，所以对我意见很大。

"都别吵了。回去睡觉，有事明天再说。"Jack 用不容置疑的口吻命令我们俩，说完关上了歇宿的门。

我和何凉生互相给了对方一个白眼，何凉生凑近我，用威胁的口气说道："你最好别再耍花样，可能 Jack 不知道你想干什么，但别以为我不知道你脑子在想什么。要想从这里逃出去，你就要先从我的尸体上跨过去，有我一口气在，谁也别想从我面前出去。"

我不知道这是出于威胁，还是我的目的已经暴露了，总之从此之后，我的身上多了何凉生形影不离的目光。

不过我也没有做好今晚逃跑的准备，就回房睡觉了，打算养足精神应付明天。我料定今晚的事情 Jack 不可能轻易放过我，一定还有意想不到的试探和考察在等着我。

果不其然，Jack 在第二天早上就宣布实行组长轮换的新制度，整个屋子突然沸腾起来，所有人都在交头接耳。我看见何凉生将其他几个组长聚集起来，对他们说着什么，随后几个组长气势汹汹地朝我走来。

一定是何凉生怂恿他们，将矛头指向提出轮换制度的我。

我四下环顾，这屋子里没什么能防身的工具可用，几个组长都不是善茬，真要找个借口教训我一顿，Jack 也不会管。

我不去看他们，低头搓着手，手指上不知道在哪儿沾了脏东西，黑色的污迹怎么也搓不掉。

他们越来越靠近，其中两个人已经攥起了拳头。我握住一把折叠椅的靠背，准备随时应付突发状况。

"阿生，你来我这儿一下。"

何凉生极不情愿地应了一声，扭身走向歇宿，剩下的其他队长失去了领头的，也没有继续朝我逼近。

Jack 洪亮的声音救了我，我松开折叠椅，刚想坐下，Jack 却朝我喊道："丁捷，你也进来。"

我到这里以来，Jack 第一次允许我进入歇宿，歇宿内放着所有人的手机和身份证，也包括我的在内。如果能拿到管理员的钥匙、手机和身份证，逃跑计划就更完美了。我只觉自己心跳加速，揣着一颗惴惴不安的心，跟在何凉生后面，走进了这个充满秘密的房间。

一进去，就闻到单身男人房间特有的气味。这个房间的窗户上贴着云端的宣传标语，除了门之外，所有墙面都做满了柜子，柜子里是密密麻麻的小抽屉，每一个抽屉上都有一个标签，写着一个成员的名字。柜子下摆着一张小床，床前摆着写字台，写字台上摆满了书，旁边摊着一台笔记本电脑，电脑不断发出聊天软件的提示音——应该是 Jack 冒充女性在和一些涉世未深的年轻人聊天，在建立信任后，再连哄带骗让他们加入云端。本来就不大的房间几乎被完全占满了，连坐的地方都没有，感觉十分压抑。

"我们之前在哪里见过吗？"Jack 端详了我一番以后，说道。

不清楚这是单纯的寒暄还是试探，弄得我不知该如何回答。虽然不知道他有没有见过我，但我忽然想起自己在哪儿见过 Jack 了。那具无名女尸的警方协查通知上，可疑对象的照片正是 Jack 的这张脸。

Jack 并不关心我的回答，他站在柜子前，上下左右寻找一番后，打开了靠近地板的一个抽屉，从里面拿出我的手机。

手机早就没电了，Jack将手机插上充电线，放在了一边。

我和何凉生立刻明白了Jack的意图，他想让我给亲人打电话，来测试我的忠诚度。

何凉生站出来表示反对："丁捷刚来没多久，学习的时间也比其他人短，还没到可以打电话的时机。"

"有时候要给新人一点机会。"

"可是今天早上还有人举报丁捷。"

"举报什么？"Jack直起身子，"怎么现在才告诉我？"

"有人看见丁捷昨晚在客厅里鬼鬼祟祟，有打算逃跑的企图。"何凉生瞪着我说。

"还有这样的事情？"明明昨晚也探头察看的Jack，现在装起了傻，把脸转向我，宽宽的下颌对着我，眼神中充满了威胁，"他说的是不是真的？"

"我在客厅抽烟而已。"

"抽烟？"何凉生冷笑一声，"抽烟为什么要去碰大门上的锁？"

"你哪只眼睛看见我动门锁了？"

"昨晚门锁发出的声音大多数人都听见了，你还想狡辩？"

我的把柄被何凉生抓住了，一旦让Jack看出我的不坚决，坐实了逃跑的意图，后果会非常严重。

不能再围绕昨晚的事情争论下去了，我随即说道："你处处针对我，该不会是因为我提出轮换组长，你对我有意见吧？"

"我会怕轮换吗？换谁也不会换我啊。"

"轮换只看业务能力，不看资历。"

"你欠揍！"何凉生举拳对准我的左脸颊挥了过来。

我来不及躲闪，眯起了左眼，做好了挨打的准备。拳头在离我几厘米的地方停住了。我侧目一看，是Jack握住了何凉生的手臂，我才免于皮肉之苦。

"我赞同丁捷的提议。"Jack慢慢压下了何凉生的手，说道，"今天就让丁捷在我们面前证明一次自己。"

充了电的手机屏幕亮起，发出开机的提示音，Jack拿起手机放在写字台上，让我给自己熟悉的人打电话。

每一个第一次进入歇宿的人，都只有一次机会，一旦失败，就意味着学习得还不够透彻，将接受更加严苛的学习辅导：有专人督促你背诵打电话的话术，会要求你写下自己所有的家庭关系和社会关系，每个你所熟悉的朋友、家人的性格，都要毫无保留地告诉他们，由他们来为你挑选下次的对象，以及所要运用的语言策略。一旦你的朋友上钩，就会有人代替你去完成后面的事情。这些熟练的老手，通常就是每个组的组长，实行组长轮换制之后，组员可以选择独立完成，组长的优势也就不存在了。

我无意中挑战到了何凉生的利益，要是我今天失败了，下次进入歇宿的时间就会遥遥无期。在这期间，他一定会想尽办法折磨我，我不容有失。

翻着手机里的通讯簿，虽然有将近三百个联系人，但都不是一个电话就能为我毫无保留付出的人，我必须选对通话的人。父亲和母亲已经去世，觊觎着一大笔遗产的亲戚被我排除，要是让他们知道我身陷云端，家里估计要上演夺遗产的混战了。姐姐至今下落不明，根本联系不上。

通过电话联系无非是要达到两个目的，一是用欺骗的手段让对方转钱汇款过来，二是说服对方加入云端组织。

其实我心里早就有了人选，只是还在纠结，不知道该如何去解释我现在的处境。

"想好打给谁了吗？"Jack问我。

"想好了。"我将通讯簿的名单滑到检索字母 X，选中了"夏陌"的名字，电话屏幕转到了通话界面。Jack坐到写字台上的笔记本前，开始用笔写着什么，我拿起电话正要放到耳边，何凉生很凶地夺过电话，按下免提，然后放在 Jack面前。

"亲爱的，这几天你去哪儿了？手机怎么一直关机？"听筒里传来夏陌急切的声音。

"我出来办点事，正好遇到点麻烦。"

"你在哪儿？"夏陌问。

Jack 朝何凉生摆摆头，何凉生瞬间凑近过来，只要我的回答稍有差池，他就会随时掐断我们的通话。

"我在外地，现在身上没什么钱了，你能先转点钱给我应应急吗？"

"我手机钱包里的余额有几百块，够不够？"

我朝 Jack 投去一个询问的眼神。

Jack 伸出两根手指，嘴唇向两边咧开，做出"万"的口型。

"我要两万。"

"这么多？"

可能因为不是一个小数目，电话那头安静了下来，随后传来夏陌果断的声音："钱我会想办法的。你真的没事吧？"

"我能有什么事？你别瞎操心了。等着我回去给你买生日蛋糕。"

"我的生日不是……"

我生怕夏陌说漏了嘴，连忙接话道："我当然知道你的生日不是这个月。"

我的话说到一半，Jack 阻止了我，他挨近电话对夏陌说："你好，我是丁捷的朋友，一起来帮你庆生。"

"你是哪位？"

"你可以叫我 Jack。"

"Jack？为什么丁捷从来没有提起过你？"

"我们才刚刚认识，不过一见如故，聊得很投机。"Jack

抢答道。

我想开口，Jack 投来一个凶恶的眼神，我只得乖乖闭上了嘴。他递来一支笔，示意我在笔记本上写下夏陌的生日。

手心里都是汗，握住的笔也有点打滑，无数个日期在我脑海中闪过，但是我不知道写哪一个。刚才在电话里说了不是这个月，还是有十一个月的范围，一旦我写的和夏陌说的日期不一致，电话就会立刻被挂断，我将被拽着头发拖出歇宿，在拷打下反复逼问夏陌的身份。

我潦草地写下一个日期，Jack 立刻夺过了笔记本，他用手掌盖住我写的日期，对电话里的夏陌问道："对了，你的生日到底是几号？"

电话里的夏陌毫不犹豫地说道："八月八日。"

"处女座？"

"狮子座！"

"对对对，看我这脑子。"Jack 假惺惺地道着歉，他是故意说错试探夏陌，他慢慢移开笔记本上的手掌，低头看我写的日期。

我正是写了两个阿拉伯数字"8"。

"很高兴认识你，我就不打扰你们打电话了。"Jack 像换了一张脸似的，又对我笑逐颜开了，将电话交还给我。

我清了清嗓子，问："钱没问题吧？"

"你开着手机，等我消息吧。"夏陌很着急地挂断了电话，我都来不及和她道别。

Jack 将手机重新放回柜子的抽屉里，不过这一次他没有关机。他告诉我，在手机电量耗尽之前，如果钱没有到账，我今天的业务就算失败了。

我听完后，信心大打折扣，手机本来就没有充多少电，不到一个小时就会自动关机。夏陌报的生日日期不是她自己的，应该已经察觉我在电话里不对劲儿了，不过两万元对她来说不是个小数目，不知道一时半会儿她上哪儿去弄？

走出歇宿，我的心情比进去时更加复杂，不但逃跑的计划风雨飘摇，就连在这里的安危都要寄托在外面的夏陌身上。时间紧迫，万一有闪失，别说找到姐姐，我自己也是泥菩萨过河——自身难保。

我觉得口干舌燥，到厨房倒了杯冷水，一股脑儿全都喝了下去，从口腔到胃里顿时清凉了许多。我轻轻打了个嗝，惹得厨房里其他几个人偷笑起来。

我又给自己倒了半杯水，用玻璃杯贴着滚烫的脸颊，让自己冷静下来，想想下一步的对策。

厨房里的其他人陆续离开，只剩下一个女孩，她突然蹿到我面前，用清脆又爽朗的声音喊我的名字。

我不认识她，或者说我不认识这个屋子里绝大多数人。我对他们所有人的长相和名字都没有兴趣，我只想找到我姐姐。

"找我有事？"

女孩用清澈的眼睛看着我，猛然冒出一句话来："你带上我一起逃吧。"

我假装没听见，自顾自喝了口水。

"你在计划逃跑吧。"女孩冲我眨了眨右眼。

"不知道你在说什么。"

"摊开你的手掌。"

"干什么？"我怀疑地看着自己的手。

女孩不由分说拉过我的一只手，看了一眼后，又拉起我的另外一只手，说道："我在挂锁上涂了墨水，今天只有你的手指是黑的，昨晚你动过锁了吧。"

我把手缩了回来，早上洗漱的时候我就发现几根手指上有黑色的墨迹，可是任凭用肥皂怎么搓洗，都没办法完全洗去它们。

我想向她辩解几句，可是不知道该如何称呼她："抱歉，我是新来的，还没能记住每个人的名字，你能告诉我你的名字吗？"

"米娅。大家都叫我小米。"

"小米，你为什么要在挂锁上动手脚？"我在想怎么向她辩解手上墨迹的时候，忽然想到这个问题，反将一军。

米娅似乎早料到我会这样问，淡定地回答道："我和你的目的一致。"

"什么目的？"

米娅的舌头顶着上颌，刚要吐出"逃"这个字，远处何凉生在叫我。

"丁捷，你像根木头一样站在那儿干什么呢？"

我朝他举了举杯子，然后将里面的水一饮而尽。

"再来房间里一趟！"何凉生喊道。

我做了个 OK 的手势："马上来！"

原本在我旁边的米娅，躲到了橱柜的水槽前，装模作样地洗着手。她低着头，披下的头发遮住了脸，我看不见她的表情，只能看见她的嘴唇在动，恳请道："拜托你考虑下我说的事情吧。"

这一次的语气没有威胁，而是充满了一个女孩的托付。在这样的环境里，我相信我绝不是唯一一个想要离开的人。我动了恻隐之心，想着如果自己能够离开，有条件的话，就带她一起走吧。

我重新回到歇宿里，Jack 看见我进来，抬起头来瞪着我，两只乌黑的眼珠子都要爆出眼眶了："知道为什么叫你进来吗？"

我吓得缩了缩脖子，不知道该回答什么。

何凉生用我的手机戳着我的胸口："你自己看。"

我打开手机，屏幕上显示有两万元的转账记录，付款方是夏陌。我还在原地发愣的时候，Jack 张嘴大笑起来，他的下颌看起来更加宽大了。

我刚反应过来，原来 Jack 是在捉弄我，夏陌真的给我的账户上转了钱。

在准备进入云端的前一天晚上，我给夏陌打了电话，在电话里我们定下一个约定，如果我给她打了很奇怪的电话，问她要钱或是银行卡密码之类的，她一定要及时满足我的要求。我故意说错她的生日，夏陌反应神速，巧妙地对付了过去，8 月 8 日这个日子我俩经常提起，是我和夏陌都很喜欢的一位女歌手的生日。我离开的时候，没想到 Jack 会让我要这么多钱，只留下了几千块给夏陌，没想到她这么快就转来了两万。我心里暖洋洋的，十分感激她。

"从我来到分部之后，这是最大的一笔业务。我果然没有看错你。" Jack 兴奋得手舞足蹈，"今天我就要宣布晋升你为组长。"

"谢谢主任。"我得意地朝何凉生抛去一个挑衅的眼神。

何凉生好像心有不甘，提醒 Jack："这钱还没拿到手，说不定是张空头支票。"

"明天你们就出去把钱取出来。" Jack 指了指我和何凉生。

简直不敢相信自己的耳朵，我居然可以出门了，不用晚上溜门撬锁，能够正大光明地走出那道门，看来没必要铤而走险去歇宿偷管理员钥匙了。

我兴奋得一夜没有合眼，幻想着明天出门后无数种逃跑的方法，一遍又一遍在脑子里制订各种计划。

第二天一起床，Jack 在课上宣布了我的业绩，并晋升我为组长，虚肿着眼睛的我被叫上了台。Jack 赋予我特权，可以任意挑选两个人成为我的组员。

"希望加入我的小组的人，可以主动举手，我来者不拒。"我没有特定的人选，愿者上钩。

第一个举手的人是米娅，她拉了拉身旁的人，在劝说着什么，终于，她旁边的人也举起了手，又是一个女生。这个女生我认识，她姓桂，具体叫什么不清楚，算是这屋子里长得标致的女生。我看见过几次何凉生和她套近乎，可是小桂都不搭理他。

大家都知道我和何凉生关系恶劣，小桂加入我的小组，相当于在众人面前狠狠扇了何凉生一个耳光。

在众人的掌声中，Jack 宣布我成功当选为米娅和小桂的组长。

老奸巨猾的 Jack 故意搞这么一出戏，就是为了给何凉生看，他故意制造我们之间的矛盾，又安排何凉生和我一起去取钱，就是为了在出去时可以对我"格外照顾"。更可恶的是，让我有了两位组员后，无论是我自己挑选的还是对方自愿加入的，一旦我逃跑就会连累她们，这在精神上给我造成了很大的困扰。

临近出门，Jack 将我的钱包交给了何凉生。钱包里装着我的身份证和银行卡，另外还有两个 Jack 的亲信随行。

依照惯例，我的头被套上黑布袋，在两个男人的搀扶下，慢慢走出了屋子。我听见铁门在身后关上的声音，一只手搭在我的肩膀上，用力捏了捏，何凉生对我说道："从现在开始，我让你怎么做你最好就照做，我可不像 Jack 那么喜欢你。要是你搞出什么幺蛾子，我绝不会手下留情的。"

"要是我逃走了，你猜 Jack 会不会对你手下留情？"

"在你逃走之前，我会先打断你的双腿。"被我惹怒的何凉生重重推了下我的后背。

我们开始下楼，我还记得来时数的台阶数，心中默念，当走到一楼的时候，没有再往地下室走，忽然停了下来。

何凉生摘掉我的头罩，让我备感意外。他说银行离这里只有几分钟的路程，Jack 觉得没必要安排汽车，步行过去就好了，所以才兴师动众地安排了三个人"护送"我。

被关在屋子里这几天，仿佛坐了一个世纪的牢。我对着面前陌生的马路，一个开阔的世界正向我敞开胸怀，心里忽然有点小激动。

这条陌生的马路上没什么行人，店家更是寥寥无几，只有一家小饭馆，饭馆脏兮兮的玻璃门上贴着"饭小丫"，估计这是他们的店名吧。店门口停着一辆黑色的两轮电动车，车身侧面同样贴着饭馆的名字，我们时常吃的外卖应该就是这家饭馆送的。马路对面的水泥围墙内尘烟嚣上，能看见搅拌车露出半个转动着的搅拌筒，应该是一个正在施工的建筑工地。我再往稍远一点的方向眺望，几乎没见高层建筑，半空中杂乱无章的电线，向远方无限延伸着。

云端选在这样僻静的地方作为据点，一定也是深思熟虑过的。这里交通不便，出租车不会空车行驶到此，马路上几乎没有可以躲藏的地方，徒步逃离的难度很大。

何凉生在最前面带路，他挎着一个小皮包，里面装着我的钱包，另外两人跟在我身后两侧，他们三个人呈三角形走在我身旁。我估摸着要是撒腿突然逃跑，没跑到前面红绿灯就会被他们追上按倒在地，这个没把握的险还是不冒为好。

我们四个人缓慢地走在人行道上，头顶上没有一片可以遮荫的树叶，火辣的阳光直射在身上，皮肤瞬间就被晒红了，后颈和手臂开始瘙痒起来，用指甲狠狠挠了几下才解痒。

走了大约十五分钟，总觉得是在不停地拐弯，何凉生一定是带着我在绕圈，以免我熟悉地形，可是马路上连个路牌也没有，两边人行道上连绵不绝的水泥围墙，到处看起来都一样。

终于，我看见转角上银行的红色招牌了，还没等我高兴，就发现落地玻璃内没有柜台，而是摆放着三台自动存取款机，这是一个无人的自助银行。

走在前面的何凉生在阴影边界停了下来，他警觉地扫视了一圈四周，向身后两名同伴挥挥手。两名同伴分别向银行两边跑去，他们各自找了一个对着银行的角落，从不同角度注视着银行。

何凉生从包里拿出我的银行卡交给我，说道："你自己去ATM机上取钱，取到钱立马返回我这里。"

"你不跟我一起过去吗？"我问道。

"我在这里等你。"

"你真放心我一个人过去？不怕我跑啦！"这是逃跑的绝佳机会，我用戏谑的口吻继续试探着何凉生。

何凉生又给我一顶鸭舌帽，叮嘱道："少啰唆！戴上这个再进去，银行里面有摄像头，进去之后别抬头看它。"

原来他们不敢靠近银行是因为怕被摄像头拍到，他们很熟悉这里的地形，各自站位也都在摄像头覆盖范围之外，显然不是第一次带人来取钱。自己取自己银行卡里的钱是一件再正常不过的事情，但如果有家属报案人口失踪，警察通过取款记录就会发现失踪人员的行踪，被看见是本人的话，一路追查过来，云端的这个据点就容易被发现。

我扣上鸭舌帽，独自一人穿过马路走向银行。在门禁处刷了银行卡，提示的红灯切换成了绿灯。我推开玻璃门，里面充足的冷气立刻涌了出来，身上发痒的地方舒服了不少，我不由得抬了抬帽檐擦掉额头上的汗，又将它重新戴好。

三台取款机一字排开，我选了最靠里面的一台。在那台机器的旁边有一个红色的紧急按钮，我考虑了一下，还是放弃按按钮的想法，没等警察赶到，何凉生他们早就把我拖到几条街外了。

只能另想办法，我背对着何凉生的方向，慢慢把银行卡塞入卡槽，取款机发出女声的提示音，具体说什么我完全没听进去。我对着取款机上的摄像头，夸张地用嘴唇做出"救命啊，我被绑架了"的口型。

也不知道摄像头那头有没有人在看，我决定再多说两遍，希望取完款的时候可以有警察赶到。

就在我聚精会神地表演"默片"的时候，有人刷了门禁，银行的门开了。

我回身看去，发现是一位穿着考究的老太太，玻璃门对她来说有点重。她用身体顶着门，收起遮阳伞，好不容易从空隙中进来，朝我微微一笑，走向了我旁边那台取款机。

远处的何凉生板着脸，用力挥舞着手臂，看肢体语言应该是示意我赶快取了钱出来。

我开始输密码，每次取款的上限是三千元，我需要反复操作七遍才可以取完两万元，这给我争取到了一点时间。我一边慢悠悠地取钱，一边盘算着要怎么向这位老太太求救。

每次取出一沓钱，我都会举起来展示给何凉生看，他快速地点一下头，表示确认。我挠着刚才发痒的伤口，偷偷将一张一百元揉成一小团，扔在脚下，用脚尖轻轻往老太太那边踢了过去。

老太太取完款，拿起伞准备离开，我瞅准时机，说道："奶奶，你的钱掉了。"

我说话的时候保持上半身不动，继续着取款的操作，远处的何凉生不会察觉到我在和老太太说话。

听到我的话，老太太连忙低头察看，她眯起眼睛，盯着地上那个小纸团看了良久，才意识到那是一张百元纸钞。

她艰难地蹲下身子，用手指夹起纸团，搓揉着膝盖缓缓直起身子。

老太太展开纸钞，斩钉截铁地说道："这不是我的钱。"

"你拿着吧。"我刚才用伤口上的血，在这张钱上写了SOS的英文。

"是不是你掉的？"老太太举着钱走近我。

"不是我的。"

"可也不是我的。"

"那你交给警察吧。"我说完就拔了卡，拿上取完的钱，赶快从老太太身旁离开。

我把银行卡和两万元全新的纸钞全部给了何凉生，他没有清点钱的数目，全部塞进了包里。他向其他两个人招招手，他们跑了过来时，老太太也正从银行里走出来，她撑开伞，用手帕擦拭着两颊的汗水，走路的姿势微微有点驼背，朝我所在的位置过来了。

"走吧。"我转身原路返回。

"等等！"

这两个字从何凉生嘴里说出来的时候，我身上每一个毛孔都收缩了。他看着迎面走来的老太太，似乎在等待着什么。

难道是老太太刚才和我说话引起他的怀疑了吗？

我脑子里一片混乱，要是被他看见纸钞上我写的 SOS，我今天性命难保。

"老奶奶，"何凉生朝老太太喊道，"刚才在里面怎么了？"

要是一个市侩的老太太也就算了，也不知道该说我是运气好还是差，偏偏遇上一个为人正直的老太太，对捡到的钱没有丝毫贪心。

她来到我们面前，笑着说："我捡到一张钱，可能是上一个人取钱的时候丢失的。"

"我可以看一下这张钱吗？"何凉生伸手讨要。

老太太露出戒备的表情，她问道："你丢钱了吗？"

"我刚刚用了你的那台取款机。"何凉生解释道。

"是真的吗？"老太太转头向我确认道。

我的脸颊感觉到来自何凉生火辣辣的目光，那张钱就在老太太的手心里，露出的一角上能看见我的血迹。

"问你话，你怎么不回答？"何凉生龇嘴道。

我只能配合何凉生说道："刚才我们是一起进去的，他取完款先出来了。"

听完我的话，老太太把钱给了何凉生："你看看是不是你丢的。"

我悄悄往后退了一步，从他们三个人的包围圈里挪出了半个身子，所有人的注意力都在那张钱上，在何凉生看见SOS之前，我准备逃跑。

正当我在心里暗下决定的时候，何凉生忽然回身喊了我一声，我逃跑的勇气瞬间从身体里抽离了。

没想到何凉生把钱还给了老太太，说这张钱不是他的，然后敦促我们离开。

我边走边回头看那张钱，在夺目的阳光下，红色票面上的字迹不见了，只剩下一些红色的斑迹。可能是我的运气好，簇新的纸钞表面很光滑，加之沾了老太太的手汗，我写的字被抹掉了。

我故作镇静地走回公寓，一路上心脏都快从胸膛里跳出来了。

回去的路上经过一条铁轨，轨道两边的隔离杆放了下来，阻断了我们回去的路。我们四个人一字排开，站在隔离杆前，看着管理员打开闪烁的警示灯。一阵"叮咚叮咚"的警示声响过之后，瞬间所有的声音都被呼啸而过的火车吞噬，巨大的风浪吹得我脸上的皮肤都变了形。

何凉生以为我面色惨白是被火车给吓的，把刚才老太太的事情抛诸脑后了。

可能是我真的拿到钱的缘故，其他两个人对我的态度有了好转，上楼的时候也没有再让我套头罩。正是午饭时间，楼道里一直有人上上下下，全是穿着黄背心的外卖员。他们提着装快餐的塑料袋，一路小跑着上楼送餐，随后马不停蹄地赶往下一个送餐地点。

一个看起来健壮的外卖员从楼上下来，我故意放慢脚步，在狭窄的楼梯里我故意不让，外卖员只顾低头赶路，撞了一下我的肩膀。

"你这人走路不长眼睛呀！"我冲着外卖员吵嚷着，想要激怒他。

"对不起，对不起。"外卖员连连退让，想要避免和我正面冲突。

"说句对不起就完了？"我伸出自己挠破皮的手臂，拦住了他的去路，"把我弄伤了，就想一走了之？"

"那你想怎么样？"外卖员虽然身材高大，不过似乎胆子很小，一看我们人多势众，说话的声音都变小了。

"别搞事情。"何凉生把我拉到一边，让出空隙，示意外卖员可以走了。

外卖员朝何凉生鞠躬道谢，连忙侧身从我身边跑下了楼。

"你别走！"我冲着外卖员的背影喊道。

"别再惹事了。"

"什么叫惹事？明明就是他故意撞我。"

我话还没说完，脸上就挨了一巴掌，脚下一个踉跄，差点从楼梯上滚下去，幸好我拉住扶手才没摔倒。缓过神来，火辣辣的痛感从皮肤下传来。

"别以为我不知道你想干什么，我跟你说过，要是你想逃跑，我第一个就会杀掉你。"何凉生警告我。

我第一次看见一个人的眼神如此可怕，喉咙被痰堵住了，说不出一个字来。

回到屋子里，看到现金的Jack两眼放光，这是他任职主任以来最大的一笔收入了。他搂着我的肩膀让我好好干，说将来一定能在云端做出一番成就。

"我果然没有看错人！"Jack不住地点头道。

Jack正在兴头上，虽然我心情很差，但还是在他面前发表了一番要赚大钱的豪言壮语。

Jack被说得笑逐颜开，连连说要提拔我，还拿出了自己珍藏的茶叶送给我。虽然只有一小包，但据说价值上千元。

Jack要单独给上级打电话汇报情况，让我离开了歇宿，但是何凉生留了下来。

大家看见我拿着橘红色的茶叶包，就好像见到了御赐的金牌一样，态度明显客气了许多。大家正围坐在桌子旁吃饭，我没什么食欲，一个人来到洗手间门口的水盆边，用冷水拍打着脸颊，清洗了一下手臂上的伤口。镜子里，刚才被何凉生掌掴的地方微微有些浮肿，几根红色的手指印还没消退。

"谁弄的？"米娅指指我的脸问。

"还会有谁。"

"他发现你的计划了？"

米娅总是毫不避讳地和我说这些，她似乎和我一样，很急切地想要逃离这里。但也有另外一种可能，她和 Jack 是一伙的，因为昨晚弄出了动静，她才来试探我。

"别再说这个了！要是被人听见，你知道是什么后果。"我故作生气道。

"你一定要救救我。"米娅哭丧着脸哀求我。

"是有人要对你不利吗？"

"你知道何凉生的妹妹何小双去哪儿了吗？"

听她这么一说，我确实没见到何小双："她去哪儿了？"

"这个——"米娅欲言又止。

"我已经是你的组长了，有什么事情我会罩着你的。"

米娅犹豫了一下，告诫我道："这件事你要保证谁都不能说。"

从小和姐姐一起玩的时候，姐姐就经常对我说这句话，可是当我和其他小伙伴玩的时候，才发现这是大家都知道的秘密，只有我一个人保守着秘密。所以我对这句话的信任感变得很低，我猜米娅要说的不过是这种程度的秘密而已，更何况在这里我也没有想要交换秘密的人。

"我保证。"

这时有人来用洗手盆，我和米娅中断了对话，一前一后走进了卧室里，现在这个时候卧室里没有人。

　　不太通风的房间里有点闷热，不过米娅还是关上了门，她长长地吐出一口气，像做了某个决定一样，开始说道："想从这里逃出去的人不止我一个，何小双早就有这个念头了。最初告诉我想逃走的人就是她，因为她是 Jack 身边红人何凉生的妹妹，我当时和你现在的反应一样，以为她是来试探我的。但是她什么都不需要我做，只要等着就行，会有人来救我们的。我很好奇，既然如此为什么要告诉我呢？何小双说我让她想到了自己，她觉得 Jack 他们很快就会盯上我，我会变成下一个她。当时我听了这话不太明白是什么意思，就在那天吃晚饭的时候，何小双突然被几个男人带进了歇宿，不一会儿就听见里面传来何小双的惨叫声，也不知道发生了什么事。大约半小时后，两个男的架着何小双打开铁门把她拖出了屋子，刚刚还好端端的何小双，完全变了个人似的，像一只断了线的木偶，耷拉着脑袋，脚尖在地上摩擦着，任由两边的男人拖行。最后，她被拉到角落里，独自一个人呆坐着。我犹豫着要不要过去问候一下，可是看见何凉生像一只正在巡视领地的雄狮，注视着每一个正在吃饭的人。不知道何小双在歇宿里有没有提到过我的名字，我在心里拼命祈祷，连头都不敢抬起来看他。好在何小双没有出卖我，但我也终于明白何小双之前对我说的话了——Jack 一直在侵犯她。我很害怕，想要急着离开这里，何小双让我不要着急，她已经有了周密的计划，让我等待时机。为了以防万一，她准备了一把刀。我问她是不是随身携带着刀，她说怕被搜身，所以把刀藏在了客厅的窗户外沿，那扇窗常年不会打开。她已经做了最坏的打算，如果计划失败，她就亲手杀了Jack那个浑蛋再自杀，也算解救了其他人。那天，她看起来就像个决定慷慨赴死的勇士，那是我最后一次和她说话。没过几天，何小双好像又被带进了歇宿，自那以后，我就再也没有见过她了。"

"知不知道她去哪儿了？"我问。

"说她去了女神的身边。"

女神的身边？我忽然想到，姐姐不在这里，会不会也去了那里？我把这个疑问默默放在心里，继续追问米娅："你相信她去女神那里了吗？"

"有人说，他们把那些想逃跑的人从我们之中抓出来，是怕大家都被煽动起来，而对于逃跑的人，他们都会毫不留情地杀死后再毁尸灭迹。"

"难道？"

"不过这也可能是假的。"米娅自己也不确定这种猜想。

也对，杀人哪有这么简单。

"那把刀你动过吗？"

米娅说："起初我怕是个圈套，他们也许发现了什么才会抓走何小双，那么谁去窗外拿刀就等于承认自己是何小双的同谋，所以我一直没敢去。过了几天，我就不得不把刀拿出来，换一个地方了……"

这时，有人经过卧室门口，我和米娅赶紧起身，分立在房门的两侧。好在脚步声逐渐远去，并没有人进来。

"你把刀藏哪儿了？"我压低声音问她道。

"我藏到了马桶的后面。"

要判断米娅有没有说谎，去洗手间找一下刀就知道了。

我们从卧室里出来，我让米娅帮忙把风，如果有人来，她就假装在排队，敲门催促我。我走进洗手间，关上马桶的盖板，蹲在地上伸手到马桶后面摸索一番，手指触摸到一个冰冷的金属物，碰了一下，手指传来一丝疼痛。我一看，手指被划开了一道口子，血正慢慢从伤口渗出来，我吮了一口血，吐在了马桶里。我摸到不锈钢材质的刀柄，是一把被磨得锋利的西餐刀。

我将贴在刀柄上面的透明胶带用力撕下，黏糊糊的胶带上还粘着已经干瘪的小蜘蛛尸体，看样子死了有些时日了。

米娅没有骗我。

我用胶带包裹住刀刃部分，把刀插在腰带上，用衣服盖住刀柄部分，然后镇定地走出洗手间。

刚一出门，米娅就迎了上来："找到了吗？"

我把受伤的手藏在身后，摇摇头："没有你说的东西。"我的计划有点冒险，还没想好要不要带上她，所以暂时对她说了谎。

"你找仔细了吗？"

"我都找遍了。"

"没道理呀！"米娅猛然捂着嘴惊道，"该不会被别人发现了吧？"

米娅没控制住音量，惹得多管闲事的何凉生走了过来，他看看米娅，又转头看着我问："你们鬼鬼祟祟的干什么呢？"

我白了他一眼："和你没关系。"说完示意米娅和我一起离开洗手间门口。

何凉生自讨没趣，怒视着我，突然喊了起来："站住！你身上是什么东西？"

我把手背在身后，确认刀没有露出来，他应该看不到才对。

何凉生抓住我的一只手，然后举了起来，这才发现是一簇脏兮兮的头发挂在肘部，可能是刚才找刀的时候弄到身上的。

"真恶心。"何凉生将头发从客厅窗户甩了出去。

"真是谢谢你了。"我冷冷地谢道。

何凉生似乎对我格外关注，他的突然出现让我对米娅的怀疑又加深了一层，在不确定米娅是敌还是友的情况下，我打算自己一个人逃跑。就算连累了米娅和小桂，也是无可奈何的事情。

我仔细盘算了一下该如何逃跑，不必像何小双一样手刃

Jack，毕竟我受的委屈和何小双比起来不值一提。我决定摒弃太多烦琐的环节，就连手机和钱包也不要了，先逃出去才是最重要的。出去以后，我第一个就是要去找忠叔，问问他为什么要把我诓骗到这种地方来找姐姐。

我的计划要利用晚饭时间，Jack 每天都会订楼下"饭小丫"饭店的晚餐，送来的饭菜包装盒太大，没法从铁门之间的空隙塞进来，必须打开铁门才能拿到外卖。

这时，就是我最佳的时机，在开门的一瞬间，我用刀要挟 Jack，然后从外面反锁铁门困住他们，让送外卖的小哥送我去找警察，一举揭发这个"云端"的窝点。

为了成功实施我的计划，吃饭的时候，我故意坐在靠门的位置，耳朵一直留意着门外的脚步声。我碗里依然还是昨天的炒青菜，就没有其他菜了。想着待会儿可能要耗费很多体力，我勉强扒拉了几筷子。今天的青菜特别咸，吃得我口干舌燥，我用自己的杯子去厨房接了杯水，一口气喝了个精光。我又倒了一杯，偷瞟了一眼微波炉上显示的时间，差两分钟就是六点了，外卖就快来了。

我慢慢走回座位，摸摸后腰的刀柄，最后确认一下刀的位置。Jack 已经站在了歇宿的门口，转着手指上的钥匙，等待即将到来的外卖。我的位置离大门还有四五米的距离，在我旁边还有其他人，我一转头，正和米娅的目光相撞，我慌忙避开。

门铃响了起来，Jack 和平时一样独自去开铁门，这时，厨房里爆发出一声巨响，所有人的注意力都被吸引了过去。打开铁门后的 Jack 也呆立在原地，不知道发生了什么。

刚才我把喝水的杯子放进微波炉，设了定时，玻璃杯准时爆炸了。

我等的就是这个机会!

我直直地走向 Jack，从后腰里抽出刀来。

"拿着。"外卖员将袋子塞到 Jack 怀里，Jack 接过袋子结了账。

这时，从铁门外伸进来一只黝黑的手臂，上面文着的深蓝色的龙赫然在目，我好像在哪儿见过这个图案。

这只手阻挡住了 Jack 正要关闭的铁门，外卖员用低沉的声音说道:"能和你打听个事情吗?"

"什么事?" Jack 不耐烦地说。

"丁捷是在这里吗?"

门空隙间的光,被一个高大的身躯遮挡了。我看见阴影中 Jack 的脸色骤然一变，看着门外的外卖员问道:"你是谁?"

我接近 Jack 的身后，越过他的肩膀看见门外站着的人——一张熟悉而又凶恶的脸。

居然是他!

我看见隆哥的同时，他也看见了我，我心中充满了疑问:他是怎么找到这里的?

隆哥给我的最后期限已经过了，这一次被他找到，恐惧从我身上的每个细胞蔓延开来，我颤抖的手已经快要握不住刀了。

　　我脚下一软，一屁股坐倒在地。

　　一个念头如过电般穿过我的大脑，忽然，我知道夏陌从哪儿弄到两万元钱了。

第
二
章

有一种女人被称为"邪恶女神",她们通常会有一副好皮囊,有吸引男人的美貌,摆出楚楚可怜的姿态,惹人怜爱。她们不谈感情,只看中物质生活,崇尚享乐主义,并为之伪装自己,一旦落入她们的温柔乡,在情感的旋涡中难以自拔,就会在她们身上花越来越多的精力和金钱。"邪恶女神"遇到下一个更好的目标后,就会毫不留情地将上一任一脚踢开。

　　"邪恶女神"的目标是那些有钱的富二代,只要成功钓上一个,不说是荣华富贵,起码也是衣食无忧。我们家虽然算不上名门贵族,但这些年也靠锁厂赚了点钱,起初夏陌和我主动搭讪,总觉得充满了企图心。

　　当时我去提修理好的车,4S 店的销售员笑眯眯地对我说,有个自称是我朋友的女孩子,来店里索要我的联系方式。销售员问了她几个问题,发现她根本说不出有关我的任何信息,销售员担心是骗子,拒绝了她的要求。可是女孩十分坚持，希望可以在我来取车的时候通知她。

销售员向我形容了女孩的样貌，大眼睛、长睫毛，留着埃及艳后同款的发型，年纪不大，穿着打扮像个学生。

我不记得自己认识这个女孩，但听销售员的形容，我生怕她真的有事找我。我让销售员帮忙约她到附近一家咖啡馆。

这家咖啡馆毗邻一座大学，物美价廉，不少学生都会来此自习，所以总是人满为患。虽然有点嘈杂，但出于安全考虑，还是在这里见面比较好。

十分钟后，有人离开才有了空余的座位，我点了一杯拿铁。没等我的咖啡变凉，夏陌就已经赶到了咖啡馆。

"你好。抱歉让你久等了。"夏陌穿了一件深咖啡色的高领毛衣，显得脖子格外细长，看到我后热情地打起招呼。

"我也只是刚到。你想喝点什么？"我主动招呼她。

"不用客气。我只是想和你交个朋友。"夏陌对我甜甜地笑着。

"你跑去 4S 店就为了这个？"我真是感到又好气又好笑。

"是啊，怎么了？每个人都有为自己争取幸福的权利。"

"原来如此。"这么主动的女孩我倒是头一次遇见。

"你别有压力，我只是想把这个送给你。"夏陌拿出一串水晶手链，硬往我手腕上套，"这可是我亲手穿的，零买的水晶珠子，比成品便宜不少。这串水晶可以保佑你逢凶化吉，身体健康。"

看着金黄色的水晶珠内部如发丝般的肌理，我问道："真的这么灵吗？"

"当然啦！"夏陌撸起袖子，手腕上有一串相同的水晶手链，"就是因为戴了它，我才会遇到喜欢的人。"

"想不到你这么年轻，居然还这么迷信。"

"这怎么能叫迷信呢。"夏陌朝我眨了眨一只眼睛，神秘兮兮地问道，"你相不相信命运这回事儿？"

"命运？"我盘算着她接下来是不是打算给我算一卦，再敲上一笔手链的钱，这样的骗局在很多旅游景点都上演过。

夏陌双手交叠放在桌子上，挺直了身子对我说："人的一生会遇到许多人，会做很多事情，你有没有想过，这些人和这些事都是命中注定的？冥冥之中一切都已经有了安排，你只是循着一条早已画好的路在前进，每当你站在十字路口或是处于进退两难的境地时，其实有人已经知道你的选择了。"

"你是说我们都被人操纵了？"

"不是人。"夏陌用食指往上指了指，说，"是神。"

我忍不住笑了出来："你越说越玄乎了，难道你来找我也是神的旨意吗？"

"那倒没有。但你怎么知道以后不会呢？"

"以后？"

"我们加个微信好友吧。"夏陌打开手机里的微信二维码，举到我面前，"来，扫一扫吧。"

"我没有微信。"

"现在还有人不用微信？"夏陌像见了鬼一样，瞪大了眼睛看着我。

"所有人都用我不用，算不算是对命运的一种抗争？"

"命运是没办法抗争的。"

最后我还是留了手机号码给她，但总觉得夏陌态度如此热情，一定是看见了我豪华品牌的汽车钥匙，主动找我是有所企图的。这样的女孩我见多了，就像监考老师知道学生们的作弊手段，并不着急拆穿，而是等待着最好的时机，给她一个下马威。

我抱着这种恶作剧般的心态，策划了和她的下一次见面。而我的目的只有一个，就是为了证明我的观点，揭穿她是一个"邪恶女神"的事实。这种钻牛角尖的强迫症，是我从小到大一直没办法克服的，我想证明的观点，就会不顾一切去证明。我在上初中的时候，和同学为了玻璃鱼缸结不结实争了起来，极端的我就买了一只鱼缸，当着他的面用铁锤敲碎，向同学证明玻璃鱼缸是不结实的。

这种激进的做法，让我总是对自己不确信的领域充满了怀疑和排斥，我认准的事情就会全力以赴地去做。

这次见面的地点我定在了人民公园的湖心亭，午后的湖心亭里人不多，我远远看见亭子里只有一对在下象棋的老人。

我等了大约十五分钟，夏陌还是没有出现，我打算看完这盘残局就走了。估计没有订在高级餐厅，"邪恶女神"不出所料地爽约了，她们是不会在老年人聚集的免费公园里浪费时间的。

但我错了，一分钟以后，我接到了夏陌的电话。

"喂！对不起，你久等了吧。我在路上遇到了一点麻烦，你能来帮帮我吗？"

"发生了什么事情？"

夏陌含糊其词："你过来就知道了。"

没等我作答，夏陌紧接着问道："你开车了吗？"

"嗯。"

"能麻烦你把车开过来吗？"夏陌哀求道。

我问清了地点，即刻动身。我心中还有点暗喜，看起来夏陌已经等不及了，我倒想看看她打算耍什么花招来骗人。

两条街外的路口中央，一群人围作一团，经过的车辆不得不绕道行驶，在路口看不见夏陌的人影，我打开车窗玻璃，远远听见了夏陌的声音。

我拨开人群，看见夏陌蹲在地上，身旁是一位满头白发的老头。老头仰面朝天躺在柏油马路中间，微闭着眼睛，表情异常痛苦，嘴里发出轻轻的哀叫，除了裤子有点弄脏之外，身上看不到有其他外伤。

我混在人群里，听着围观者七嘴八舌地讨论：老头应该是被经过的三轮车给撞了，他向经过的夏陌求助。夏陌帮忙打了救护车电话，当有其他人围观时，老头突然变了脸，说是夏陌撞倒的他，非要夏陌陪他一起上医院，还要她赔偿医药费。

我发现围观者里有三个年轻男人喊得特别起劲儿，不断谴责夏陌撞倒了老头，还催促夏陌赶快送老头去医院检查——虽然看不出有外伤，万一受了内伤，错过了最佳治疗时间，恐怕有生命危险。

在场有位大妈准备拨打急救电话，这时老头让夏陌帮忙扶他一把，他勉强从地上坐了起来，说自己缓过来了，示意大妈不用叫救护车。那三个年轻男子从人群里走到了老头和夏陌的旁边，他们提议夏陌赔偿一笔钱，那样她撞人的事情就算私下了结了。

"那怎么行？"老头断然拒绝，"我这样摔倒，她是要负法律责任的。"

"大爷，真不是我撞你的，我看见你的时候，你就已经倒在地上了。"夏陌尝试着辩解，但很快就被老头的气势给压制了。

"哎！小姑娘，你说这话我就不爱听了，你没有撞到我，我怎么会摔倒呢？难道我这么大年纪还会讹你钱不成！"

"我不是这意思。"

"要不我们报警吧！让旁边大家都做做证，看看到时候警察会不会抓你进去先拘留个十天八天。"

我看老头怒气冲冲的样子，不像受了内伤。

又是旁边那三个年轻人起哄，他们阻拦着老头报警，劝说夏陌赶快赔钱了事。

"多少钱？"夏陌在他们的软硬兼施下，显得一筹莫展。

"两万！"老头梗着脖子，活脱脱像一名宰客的生意人。

夏陌听见金额都快哭出来了："我身上没有带这么多钱。"

"你手机钱包里没有钱吗？"

"只有几百块而已。"

"你没有绑定银行卡吗？"旁边的年轻人拿过她的手机查看起来。

"银行卡里也没钱。"

"你刚才不是给你朋友打电话了吗，人还没到吗？"

"可能不会来了。"夏陌叹了口气，说道。

"怎么？想要赖呀！"老头抓住夏陌的手，露出威胁的目光。

旁边三个年轻人借机开始对夏陌动手动脚，他们抓住夏陌的手臂不让她离开。挣脱中，夏陌跌倒在地。

我看时机差不多了，在人群里和夏陌打起招呼："夏陌，发生什么事了？"

夏陌见了我，立刻跑到我身边，指着老头说："他是个碰瓷的，想要敲诈我。"

"小姑娘，你说话下巴托托牢，这么多人看着呢。"老头撩开自己的裤管，小腿的部位有好几道血印子，"这伤口可不会说谎吧。"

夏陌看到伤口，一愣："这不是我弄的。"

众人看见伤口，都对老头产生了同情，口径一致地劝说夏陌别再辩解了。

"你相信我，真的不是我。"夏陌含着眼泪，对我说道。

我握住她的手说："这件事情交给我吧。"

老头不依不饶，还对着夏陌碎碎念道："不是你那还有谁？这条马路上我不找别人偏偏找你，如果不是你撞了我，你干吗要扶我？"

我站了出来："老头，你说想怎么解决吧。"

"你是谁？"老头斜眼打量着我。

"我是她朋友。刚才她打电话叫我来的。"

老头偷偷朝旁边三个年轻人做了个手势，他们三人不紧不慢地朝我围拢过来。

"既然你是她朋友，她赔不起的钱，就由你来还吧。"

"给我们点时间商量下。"我对老头说。

"赶紧的。"老头不耐烦地挥挥手。

我把夏陌拉到一边，简单了解了一下情况后，确信她是遇上了专业碰瓷的。我告诉她这件事不是简单报警就可以解决的，他们有同伙可以做人证，如果去医院验伤，说不定老头身上早就有伤了。就算警察明知道他们是碰瓷的，在没有证据的情况下，也拿他们没办法，到最后还是赔钱了事。只能自认倒霉，就当是花钱消灾。

"可是我拿不出两万块钱。"夏陌说。

"我帮你出吧。"

"不行！"夏陌断然拒绝道。

我知道她只是在欲擒故纵，如果不要我出钱，为什么打电话叫我来呢？我没有坚持借钱给她，我相信她一定比我更急，她会先开口的。

不远处的老头又催了我们几嗓子，夏陌站在原地搓着手，犹豫了半天，终于咬着下嘴唇对我说道："这钱我分期还给你。"

"分期？"

夏陌很认真地说："我还有半年才毕业，等我找到了工作，每个月按时还钱给你。"

我知道等我把钱替她给了之后，就再也找不到她人了。我倒不在乎这两万元钱，验证了夏陌的为人，心里悬着的石头就算落了地。

手机成功转账了两万元钱，老头心满意足地离开了。围观的人终于等到了结果，也往四周散去。

"今天算是泡汤了。"遇到了这样的事情，我和夏陌都没有什么心情再继续去公园了。

"要不我写张欠条给你吧。"夏陌嘴上这么说，可是找遍了全身也没有纸和笔。

"不必了。你知道怎么找我的，钱可以慢慢还。"

我们就在路口分别了，目送着夏陌离开的背影，我忍不住笑了起来。看见我的豪车夏陌才会主动和我搭讪，这种拜金的本性被我用两万元就测了出来，算不上很贵。对于还在上学的夏陌来说，两万元的债务不是一个天文数字，但要还上也不轻松，想必不会再和我联系了。

我避开人流密集的大路，拐进一片老旧的住宅区，小路上狗屎随处可见，我已经很注意脚下了，鞋跟还是不幸踩到了一坨。

不远处，住宅区门口一位老人摆了一个擦鞋摊。我在摊位的靠椅上坐了下来，把沾了狗屎的鞋子搁在了他的擦鞋板上。

老人闻到了狗屎的臭味，用手里擦鞋的工具敲了敲他放在地上的招牌，说："我这里只擦鞋，不擦狗屎。"

"一样是擦鞋，没什么区别。"

老人有点生气："这个我擦不了。"

"我付你双倍的钱，你只用擦一只鞋。"

"真没法擦。"老人态度缓和了一些，不过依然摇头。

我拿出两百元现金，扔进了他的擦鞋箱里："这钱足够你换一套擦鞋工具了吧。"

老人看了看钱，又看了看我的鞋，笑着问我："你这鞋一定很贵吧。"

"两万而已。"

听到这个数字，老人张大了嘴，露出所剩无几的牙，惊道："这鞋这么贵！"

"比起了解一个人的本性，这双鞋不算贵。"

老人擦鞋的力道明显轻了下来，生怕刮坏我的鞋。

就在马路对面，刚才碰瓷的那个老头和三个年轻人看见了我，他们加快脚步朝我走了过来。

"丁总，"老头从怀里拿出了一个印着银行字样的信封，恭敬地递给了我，"这是您刚才转账来的两万元，刚去银行帮您取了出来。"

"给他吧。"我朝正卖力擦鞋的老人努努嘴。

老头犹豫了一下，什么也没说，把钱给了擦鞋匠。

"没事了，老马，你们先回厂里吧。"我说道。

"丁总，要是总经理问起来，我们该怎么回答？"

"你还需要问我吗？这事肯定不能让我爸妈知道。"

老马连连点头："是是是，我明白了。"

自从上次在咖啡馆约了夏陌之后，我就让锁厂里的老马策划了这起碰瓷。现在目的已经达到，将一个拜金女的诡计扼杀在了摇篮中。

鞋子终于擦干净了，鞋面甚至比新的更亮，只是鞋底依然散发着狗屎的臭气，实在让人难以忍受。

不过我错了，夏陌让我完完全全错了一次。

一个月后，我收到一条短信，是银行转账提醒夏陌还了我两千元钱，账户信息是夏陌之前执意问我要去的。紧接着又收到一条短信，是夏陌发来的：

> 很抱歉一直没有联络你，我找到工作了，这是第一个月的工资，剩下的钱陆续还你。谢谢。

看到"谢谢"两个字，彻底颠覆了我对夏陌的看法。她和我遇到的所有女孩子都不一样，她就像这个世界的异类，对险恶的世道依然抱着一颗单纯的心。难怪会轻而易举就被碰瓷的陷阱骗取了两万元。

我找到夏陌上班的公司，她在一家化妆品公司兼职做电话客服。我在她下班的必经之路等她。我看见她背着包从办公楼里走出来，我正要喊她，发现她进了一间公共电话亭，俯在电话机上大哭起来，远远地隔着玻璃我听不见她的哭声，可是能看见她不住颤抖的双肩，她仿佛遇到了什么伤心事。

我敲了敲电话亭的玻璃，夏陌看见是我，连忙抹掉脸上的泪花，推门出来："你怎么在这儿？"

"我专程来找你，不过来得好像不是时候。"我递给她一张纸巾。

"刚才接了个投诉电话，客户骂得太难听了，我实在忍不住了。"

"既然工作这么委屈，不如就辞职吧。"

"那怎么行！"夏陌挺直腰板，"我还欠你这个大债主那么多钱呢。"

"算了。钱不用你还了。"

没想到这句话惹得夏陌生气了："你什么意思？是看不起我吗？"

"不是这个意思。"我不知该如何启齿是我布局骗她的，只得说，"你也是被人骗了，我不等着用钱，你可以先不还。"

"欠债还钱，天经地义。就算你有钱，我也不能占你这个便宜。你放心，就算去借高利贷我也会还给你的。"

夏陌说得我有点内疚，我总算鼓足了勇气准备坦白自己的"罪行"，不想夏陌拉着我的手，神采飞扬地说："你戴着手链呀！"

"嗯。一直都戴着。"

"相信这手链会给我们带来好运气。"

夏陌和我的手紧紧握在一起，夕阳下，两条黄色的水晶手链散发出如琥珀般迷人的温润色泽，光影闪耀，若有似无。

最终，我还是没有对夏陌说出真相。

她虽然不是我第一个欺骗过的人，但却是让我最有负罪感的一个。

直到我遇见另一个人，我对夏陌的负罪感才有所缓解，因为我亏欠那个人的更多，更加不可饶恕。

那个人就是何小双。

我最先想出的逃跑计划，凭我一个人难度实在太大，必须有一名靠谱的帮手才行。思来想去，也只有何小双是最合适的人选了。

Jack 他们经常在晚上把何小双带进歇宿，告知何凉生是传授给她女神的神力。但谁都知道这是个谎言，Jack 假借女神的名义长期凌辱何小双，何凉生对此假装糊涂。就算他明知妹妹被欺凌，也是敢怒不敢言，靠着献出自己的妹妹，他的地位得以提升，成了 Jack 的心腹。

我找到了何小双，大胆地对她说出逃跑计划，她问我为什么要告诉她，我说因为第一天在宾馆的时候她想帮我，所以我也想帮她一次，带她一起离开这里。

何小双知道劝不动我，她留在这里只会继续遭受凌辱，而我一旦逃走，作为同组的她也会受到牵连，何小双看起来只有加入我的计划这一个选择了。

我的计划很简单，既然走出门也无法逃脱，不如报警让警察上门来救我们。

要报警就必须拿到手机才行，但是所有手机都被锁在歇宿内，二十四小时有人看守，要拿到手机几乎是不可能完成的任务。而且手机都没有电，就算拿到了，也没地方可以充电。

可是，有一部手机除外，就是 Jack 随身携带的那部。因为要随时候命来自云端上级的新指示，Jack 的手机从来不离身，就算是洗澡的时候也会放在自己视线范围之内，就连何凉生也没有机会摸到那手机。Jack 对所有人都保持着高度的戒备心，要拿到他的手机，我觉得只有一个办法，就是在他欺凌何小双的时候，应该会有无暇顾及手机的间隙，只要何小双能找机会拿到手机，然后想法交给我，我拨打完报警电话之后，再让何小双把手机放回去，这样就算警察没有找到这里，或是计划失败，Jack 也不会知道有人动过他的手机。

为此，何小双做了一些准备工作。她告诉我说，她从厨房的餐具里偷了一把餐刀，在洗手间窗外的石头台阶上磨锋利了，在行动之前，她将刀藏了起来，也许是怕我会暴露刀的位置，没有把藏刀的地方告诉我。何小双说万一计划有变，身上有武器的话，也不至于束手就擒。看得出来，何小双对 Jack 已是恨之入骨，在我说出计划以后，她也有了放手一搏的决心。

我们等待着时机，每天尽量不犯错，不去惹人注意，我们彼此也不会有过多的交谈，以免引起其他人的怀疑。我试着全身心地投入到学习中去，让何凉生感受到我已经完全融进了大集体之中，成为云端中虔诚的一分子。

很快，饥渴难耐的 Jack 就又找上了何小双，Jack 让何凉生今晚把何小双带去歇宿，要对她进行最后的感化。何凉生兴冲冲地跑去找何小双，说 Jack 亲口答应，这次之后就可以带他们见女神了。

何小双心里惦记着我们的计划，没有丝毫的伪装，就爽快地同意了。她和以前的态度有了一百八十度的转变，这让何凉生很是惊讶，好在何凉生没有多想，以为妹妹和他一样，只是希望可以接近女神，爬上云端高层的位置。

晚饭以后，何凉生把妹妹送进了歇宿，我无法靠近歇宿，只能在卧室里留意着外面的动静。大约过了半个小时，我听见有人从歇宿跑出来冲进洗手间的声音，我知道一定是何小双得手了。我做好准备，当听见有人从洗手间出来的时候，立刻起身作势去上洗手间。

来到洗手间门口，发现门从里面锁上了，有人在里面。我和何小双有过约定，只要她拿到手机就立刻借口去洗手间，将手机藏在里面。手机离开 Jack 的时间越长，被发现的概率也就越高，何小双的危险也就越大。想到这里，我忍不住敲了敲洗手间的门。

门迅速被打开了一道缝，何凉生的脸挤了出来，他看见是我，先是一愣，随后态度变得凶狠起来：

"你来干什么！"

被他突然一问，我有点慌了神，说话也结巴起来："我……

我……来洗手间还能干什么。"

"别以为我不知道你想干什么！"

难道被他发现了吗？我在心里打了一个大大的问号。

"怎么，被我看穿不敢承认了？"何凉生把门打开，我看见他手里拿着半根没抽完的烟，洗手间里飘出呛鼻的烟味。

"Jack 不是不允许在室内抽烟吗？"我说。

"就知道你是来抓我小辫子的，就算你去 Jack 那儿告状我也不怕，明天就有人来接我和小双去女神身边了。"

原来他以为我是来找碴儿的，我心定了下来。

"不想惹麻烦的话，给我从里面滚出来！"我一把顶住门，侧身给他让了条路。

何凉生贪婪地猛吸一口烟，伸手打开了洗手间的窗户。

"你干吗？"我急眼了，依照约定，何小双应该是把 Jack 的手机藏在窗外的窗台上。

"着什么急！"何凉生轻蔑地看了我一眼，将剩余的烟蒂弹出窗外，慢悠悠地从我旁边走出洗手间。面对面经过我身旁时，他还故意朝我脸上吐出一口烟。

我没工夫和他纠缠，迅速进入洗手间内锁上门，我站在坐便器上，手伸出窗外，小心翼翼地摸索着，指尖触碰到了手机的塑料外壳。

将手机从窗外拿进来，我迫不及待地点亮手机屏幕。触屏控制的手机虽然需要密码才能进入主界面，但拨打紧急求助电话，可以不需要输入密码。

在检查了信号和电量都没有问题之后，我在数字键盘上按下了报警电话号码。

这时，手机突然响了起来，吓得我差点失手砸碎手机。我一动也不敢动，生怕门外有人听见短信的提示音。

得益于洗手间门的封闭性好，外面应该什么都听不见。

屏幕中央跳出一条推送信息，消息发送者写着"经理穆一峰"。

对话框里显示着简短的短信内容：

　　经管理层决定……

看完消息的内容，巨大的震惊和意外向我袭来，心情久久不能平复。洗手间里逼仄的空间令我窒息。隐约能听见手机听筒里传来接线员的声音，通话时间在慢慢流逝，一分钟……两分钟……三分钟，我只是呆呆地望着屏幕上跳动的数字，竟不知道该怎么办。

一阵敲门声将头脑一片空白的我拉回了现实。

我连忙挂断电话，将手机放回窗外，按下坐便器的冲水按钮，假装整理着衣服打开了门。

门外是何小双，她的脸上挂着泪痕，眼神却坚毅，看见是我，她露出了轻松的笑容。那个笑容我永远难忘，是忍辱负重后迎接胜利的笑容，她并不知道我还没成功报警。我想要说什么，又不知该怎么开口。由于时间紧迫，何小双也顾不上和我说话，径直冲进洗手间，拿到手机后塞进了袜子里，立刻返回了歇宿。

我凝视着何小双的背影，她怀着对我的信任，迈着前所未有的轻松的步伐进入歇宿，心里应该是在期盼着随时上门营救我们的警察。

可是我辜负了她，无处发泄的我朝着自己的手掌心狠狠捶了一拳。

这个意外，完全打乱了我的计划，从而如蝴蝶效应一般，引发了后续的一系列事件。

第四章

当隆哥出现在我面前的时候，我的身体一下子僵住了，吓得手脚冰凉。

"以为躲到这儿我就找不到你了吗？"

隆哥一定是通过夏陌找到的我，那两万块没准儿就是他拿出来的，反正这钱最终还是会算在我的头上。

隆哥一把抓住我的胳膊，就往屋外拽。

"你干吗？" Jack 尚不知道隆哥是个怎样的狠角色，只当他是普通的外卖员。

"没你的事，滚一边去。"隆哥根本没把他放在眼里。

"敢在我的地盘上撒野？" Jack 提高了嗓门，何凉生和其他几个手下围了过来，立刻在人数上形成了压倒性的优势。

这时，屋子里又发出"砰"的一声响，应该是微波炉里的玻璃杯二次爆炸了。

就在大家愣神之际，隆哥第一个反应过来，他把我牢牢地箍在臂弯里，往身后的楼道里退了几步。

Jack 误以为隆哥是来救我的，就像对待那些打算逃跑的成员一样，一群人逼近隆哥，准备开始动粗。

"把他给我摁住了！"

站在最前面的 Jack 刚喊出这句话，隆哥就以迅雷不及掩耳之势把我放开，腾出右手一把掐住他的脖子，Jack 立刻发不出声音来了。隆哥的后撤，只是为了腾出进攻的空间。

见 Jack 被突袭，何凉生连忙上前解围，被隆哥当胸一脚踹翻，惨叫着从楼梯上滚下去，额头磕在台阶上昏了过去。其他人怒吼着冲了上来，隆哥一把将我推开，掏出了他的瑞士军刀，飞快地在手上挥舞起来，脸上露出凶狠的笑容。

"都别愣着，你们谁先上？"隆哥右手加了把力，Jack 宽大的下颌骨显得更大了，他脸涨得通红，翻着白眼，痛苦地挥舞起双手，拍打隆哥的手臂。

"你们再不上，我可就要掐死他了。"

隆哥如一尊煞神般站在他们面前，平时只会欺负弱小成员的他们，不免心生胆怯，没人敢再前进一步，只是虚张声势地叫喊着："快放开他！快给我放开他！"

隆哥如虎钳般的手不断收紧，Jack 只有出的气没有进的气，发出垂死般的呜咽声，双手也无力地耷拉下来。

再这么僵持下去，隆哥真的会把 Jack 掐死，我拽着隆哥的衣服也拼命喊着让他放手。

"滚开！别碍事！"隆哥回转身给了我一肘，打得我眼冒金星。我头脑一热，握紧手中的刀，使出浑身的力量，朝着他后腰插了进去。

整个楼道的空气瞬间凝结了。

血慢慢从隆哥的身体里淌出来，他像一只受伤的野兽大喊一声，右手松开 Jack，咆哮着朝我扑了过来。我来不及闪避，被一股巨大的力量弹开，头重重地撞在墙上，蹭了一脸的墙灰，左脸火辣辣地痛了起来。紧接着，我就看见隆哥的瑞士军刀朝我挥了过来，我下意识地想要躲开，一转身猛地撞在墙上，只觉得天旋地转，整个人瘫倒在地，世界转了个九十度横在我眼前。我看见被隆哥松开的 Jack 也倒了下来，他的身体像一只虾仔，蜷缩成一团，不住地干咳着。其他人趁隆哥受伤一拥而上，拳头像雨点般落了下去。

眩晕感让我不得不闭上眼睛，意识也开始慢慢模糊起来，耳边似乎有人在叫我的名字，像是米娅，又像是姐姐。

最终，一切都安静下来。

闻到福尔马林的气味，我克制住呕吐的冲动，继续跟在一名警察的身后，往悠长的走廊深处走去。

墙面被冷硬金属材质包裹，风口吹出的空调冷气实在令人招架不住，我不由得拉紧了外套的领口。

警察在一扇门前收住脚步，门上镶嵌着一块圆形的玻璃，可以看见房间内摆着两张不锈钢材质的床。床上有两个白布盖着的物体，隆起的部分看起来像是圆球的形状。

"请你做好心理准备。"警察推开门之前对我说道。

我抬头看了眼门上"停尸房"三个字，迈步走了进去。

一位身穿白大褂的医生站在尸体旁，正在翻阅一个活页夹。警察朝他点了点头，医生利索地戴上手套，掀开白布，布上抖落下来黑色的粉屑。

两具严重烧毁且已经部分炭化的尸体赫然映入我的眼帘，尸体的肌肉受到高温炙烤而缩小，四肢屈曲，关节屈曲，形成斗拳状的姿势。张开的嘴似乎有话要说，那具体形稍大一些的尸体嘴里，一颗金牙闪闪发亮，我猜这应该就是父亲了。

医生翻动活页夹，向我说明死亡原因："死者身份通过车祸现场的证物基本可以确定是丁英杰和蒋舒贞，也就是丁小姐你的父亲和母亲。他们的车在高速公路上行驶时，轮胎脱落导致汽车失控，撞上隔离带后侧翻，车身在翻滚的时候，油箱里的汽油全部洒漏出来，汽车与路面摩擦所产生的火星点燃了汽油，致使整辆车燃烧起来。火势在十五分钟后才得到控制，驾驶座和副驾驶座的两位应该是当场死亡……"

我摆了摆手，示意医生可以将白布盖上了。面对这样两具根本看不清面容的尸体，我没有一点想哭的感觉。

突然，白布好像动了一下，吓得我倒吸了一口凉气。我看了一眼身旁的警察和医生，他们面无表情地看着尸体，似乎什么也没看到。

我以为是冷风吹动了白布，或者是自己眼花了。

原以为我会痛哭流涕的警察，反倒省去了安慰我的步骤，开门见山地说道："你父母车祸的原因我们警方还在进一步调查，初步判断应该只是单纯的意外事故……"

后面的话我根本没有听进去，只是怔怔地看着尸体，生怕它再动一下。

尸体没有再动，医生给了我一份文件，我看也没看，飞快地在上面签了名。

突然，一只手按住了我手中的笔。我定睛一看，那只手上被烧焦的皮肤卷作一团，指甲脱落，肌肉迸裂，能清晰地看见黑黢黢的骨头。

我"哇"的一声叫了起来。

"组长，你终于醒啦。"

我睁开眼，看见米娅正蹲在我的床边，双眼噙着泪水。

我挣扎着从床上坐起来，发现自己大汗淋漓，身处一个陌生的环境中。

"小米，我们这是在哪儿？"我摸了摸太阳穴，头还有点眩晕。

米娅拿了个枕头垫在我背后，说道："我是被蒙住眼睛带过来的，不知道这是哪里。他们告诉我，我们离女神很近，我猜这里是云端的总部。"

我朝安装着防盗护栏的窗外望去，外面天气晴朗，明媚阳光下的草坪绿意盎然，明亮的颜色令我眼睛有些酸胀，将视线从草坪移向远处，看不见什么建筑物，无从判断现在所在的位置和方向。我注意到草坪中央矗立着一座欧式风格的喷水池，水池中有一尊欧洲女神的雕塑。她头发盘起，五官立体，身姿灵动，右手掌心向下，横在腰间的位置，左手伸向天空，仿佛在向远处召唤。她站在水池中心稍高的圆盘上，流水从圆盘向四周溢出，淌进最下面的水池中。

一条笔直的石板路将草坪左右等分，在穿过喷水池的时候，石板路沿着喷水池的圆形边缘分成两路，然后又汇成一条路，通往围墙上的铁门。这里看起来像是一座偏远的庄园，或是别墅。

"为什么我们会到这里来？"我收回目光，问米娅。

"还不是托组长你的福。"

"我？"我指着自己的鼻子，不解道，"难道我们的计划……"

米娅微笑着摇头道："不是，不是。因为你勇敢地救了Jack 的命，现在成了云端内的风云人物，所以被带来这里接受女神的嘉奖。我可是沾了组长的光，被一起带了过来，主要负责照料你。"

我这才想起和隆哥的那场激烈搏斗，问道："后来被我刺中的那个人怎么样了？"

"听他们说，那个男人被揍得昏了过去，被抬到路边扔在了花坛里。Jack 也怕闹出人命，替他打电话喊了救护车。这个男人看起来也非善类，而且我们的地址也暴露了，所以所有人连夜搬离了那个地方，换了新的地方，唯独我们俩被送到了这里。"

希望我那一刀不会让隆哥有生命危险，为他背上一条人命债真是不值得。

"他们没有问起那把刀的事情吗？"我又问。

"昨天情况很混乱，没有人惦记这件事情。"

我低头沉思起来，可能因为那只是一把餐刀而没有引起怀疑。但我并没有因祸得福，放在歇宿里的手机和钱包估计是拿不回来了，逃跑计划彻底泡汤了。被送来这个陌生的地方，这里看起来更加封闭，想要脱身的难度更大了。

这时，有人快速地敲了两下门，没等我答应，一个男人开门走了进来。

他咧开满是黄斑牙的嘴，自我介绍起来："你可能不认识我，我是这里的业务经理穆一峰。"在说"经理"两个字的时候，他提高了音量，以显示自己在云端的地位。业务经理可谓是两人之下，几百人之上，除了听从老总和女神的指示，业务经理算得上是位高权重，虽然会有若干个业务经理，但彼此分管不同领域，互不干涉。穆一峰能留在女神身边做事，其地位可见一斑。

"穆经理，早上好。"

我刚说完，穆一峰就笑了起来，他推了推鼻梁上的金边眼镜，投来一丝狡黠的目光："现在都已经是中午了，你睡了整整一天，总算醒过来了，我还担心你赶不上今天的晚会呢。"

"晚会？什么晚会？"我看了眼米娅，她朝我茫然地摇摇头。

"一年一度的女神加持大会。这可是云端最重要的晚会，有资格参加晚会的都是云端十分重要的人物。你很幸运，才加入云端没多久，就可以在晚会上发言。"

"发言？我吗？"我完全没有准备。

穆一峰从口袋里掏出两张折叠的稿纸，对我说道："不用担心，演讲稿已经替你准备好了，只要照着上面写的说就行了。"

我翻开纸稿，粗略地扫了一眼，基本上是让我现身说法，讲述自己如何为组织奋不顾身的英勇事迹，措辞中我仿佛是一位英雄。

"对了，把稿子背下来，上台前销毁它。"穆一峰临走之前，不忘交代一句。

我喊住他，问他能不能让我吃点东西。一来我肚子确实很饿，二来试探下，看看有没有机会离开这个房间。

"我派人给你们送过来。"显然，穆一峰没有给我任何机会。

对于"女神加持大会"我完全不了解，倒是米娅兴奋得手舞足蹈。

"组长，真是羡慕你，能看到女神展现神力了！"

米娅就像演唱会上看见偶像的粉丝，一脸痴迷的表情。

"女神到底是个什么样的人？"我很好奇能控制一个如此庞大组织的女人，到底有着怎样的手腕。

反正我们两个人待在这个房间里也出不去，米娅饶有兴致地对我说起了她道听途说的有关女神的传说，也正是这些神奇的事情，才让她加入了云端。

云端的成立源自女神用她的神力，拯救了十七名癌症患者。起初，八十二岁高龄的陈老太太已经肝癌晚期，癌细胞已扩散到第四、五节腰椎，不能行走，汤水难进，就连晚上都无法正常休息，每天痛不欲生。由于患者年事已高，且无有效治疗手段，大多数医院都不愿收治，而是推荐陈老太太前往"临终关怀"之类的地方。陈老太太的家属听说有一位女子，只要触摸病人癌变的部位，就可以消除病痛。家属明知她已经无药可救，仍然抱着万分之一的希望，积极挽救老人的生命，就算不能完全治愈，延长一些时日也好。

抱着这样的想法，陈老太太找到了女神，当时女神并不富裕，她没有靠自己的神力而大肆敛财，只是居住在环境稍差的老城区，一间卧室外加一个客厅，就在客厅里医治上门的患者。

女神蒙着面纱，只露出一双大而明亮的眼睛，眼底似乎总泛着泪光，眼神中有一种悲天悯人的怜爱。没有人能看清她的长相，她留给所有人的唯一印象，就是右眼眉角上有一颗黑痣。

女神首先仔细询问了陈老太太的病情，并且看了医院所有的诊断报告，确定可以依靠自己的能力救治之后，让陈老太太躺了下来。女神让助手准备了一条毯子盖在陈老太太身上，她把双手伸到毯子里，慢慢摸索着陈老太太的患处，最终她的手停在了其胸部和腹部之间，那里正是人体肝脏的位置。根据陈老太太亲口所述，当时她只觉得女神原本温暖的双手突然开始降温，变得很凉很凉，而且越来越凉，尽管隔着衣服，陈老太太还是能感受到那种非常人体温的低温，那是寒彻骨髓的冰冷。

还没等陈老太太熬不住叫出声来，女神表示自己的治疗已经结束，告诉她可以回家去了，过一周就会有效果。家属们看陈老太太并没有太大的起色，但也不敢冒昧地多嘴，就将信将疑地付钱回家了。

令人惊奇的是，陈老太太回家后的第二天，病情就有了大幅好转，食欲和睡眠都有了很大改善。一周以后，陈老太太像换了一个人似的，精神抖擞。家属有点不敢相信，带着陈老太太去医院做了复查，结果奇迹发生了，陈老太太的癌症居然神奇地痊愈了，医生也无法解释这种现象。女神的神力不单如此，原本几乎失去行动能力的陈老太太，居然还可以下地走路了。

　　一时间，女神的神力成为传说。许多人慕名前来治疗，尽管女神每天最多只能治疗一名患者，但络绎不绝的求医者，还是挤满了她的小客厅，其中不乏狂热的崇拜者，过来只是为了看女神一眼。

　　于是女神换了更大的场地，渐渐地开始拥有了一些信徒，并创立了"云端"组织。"云端"这两个字，取自于被治愈患者赠送的一面锦旗，锦旗上题词"杏林春暖，云布雨施"，寓意女神拯救普罗大众。然而一个组织的运转，人力、物力、场地、食物和交通都离不开资金的支持，会员们自发性的捐赠维持不了正常运作，于是云端的骨干成员们开始想办法赚钱，各种规章制度应运而生，加入云端的初衷也慢慢变了味。米娅原本就是冲着女神而加入云端的，可是在进入云端之后，发现和想象中完全不一样。

　　米娅普及的云端历史，让我对女神所谓的神力备感怀疑，女神的治愈能力听起来更像是落后时代的江湖骗术，在崇尚科学的二十一世纪，我很难理解还有人会相信这种事情。

　　抱着一种揭秘的心态，我对晚上的女神加持大会兴趣大增。

　　大会安排在晚上七点举行，有人为我们送来了晚餐，因为有上台发言的任务，穆一峰还派来了化妆师，替我遮盖左脸上的擦伤。

　　接近大会时间，天色渐暗，遍布在草坪上的室外灯光亮了，窗外变得热闹起来，一辆接一辆的汽车从铁门驶入，能看见一些被蒙着眼的人从车里出来，鱼贯进入室内。我突然冒出一个念头，这些来参加大会的人中，会不会有姐姐呢？

　　穆一峰为我戴上头套，将我从房间里带了出去。我被蒙住整个脑袋，感官变得迟钝，昨天的撞击可能有些轻微脑震荡，走路的时候还是有一点晕。我完全不知道自己身处于什么样的空间里，只能感觉出脚下坚硬而又冰凉，和家里铺的大理石地面一样。

　　在拐了几个弯之后，穆一峰让我脱掉鞋子。迈上两步台阶，似乎是进入了一扇门，周围突然变得聒噪起来，空间似乎也大了不少，脚下的地面变成了富有弹性的木地板。

　　穆一峰在我膝盖下放了个垫子，让我跪坐下来，并替我摘掉了头套。

　　我正在一间大约五十平方米的大厅里，高挑的层高令空间显得更大了。借鉴了日式的装修风格，棚顶和墙上镶嵌了大量原木色的木质板材，地面采用了蔺草编织的榻榻米。我的前面已经坐了好几排人，估计有三十个人，其中不少人都是白发苍苍的老年人。我大致扫了一圈，基本上没有和姐姐年龄相仿的女性。所有人都和我一样跪坐在一个圆形的垫子上，最前方是一块巨型的红色幕布，幕布上方悬挂着"女神加持大会"几个书法字。幕布前的地面大约比其他地方高了十厘米，上面铺了红色地毯，看起来是个舞台的样子。

我发现身边居然坐着Jack和何凉生，他们显然也做了精心打扮，梳了油头，衣着体面，除了外表上的改变，更大的改变是他们对我的态度。

Jack感谢我及时出手的救命之恩，何凉生一个劲儿地向我赔不是，让我别把以前的过节儿放在心上。对他们的无事献殷勤，我提醒自己要小心提防，天知道他们打的什么算盘。

何凉生东张西望，不停地扭头看着每一位走进来的人，我猜他应该是在找自己的妹妹何小双。米娅告诉过我，何小双也来到了女神身边。

"丁捷，以后我们就都是自己人了，我比你愚长几岁，你就叫我老宋吧。"何凉生对我说道。

"怎么？打算改名字啦？"我揶揄道。

"你真会开玩笑。谁会在云端用自己真名，何凉生只不过是我自己起的化名而已，我本名叫宋根生。"

还真是个土气的名字。我暗笑道。不过他的名字有点耳熟，我最近好像在哪儿听人说起过。

"对了，你妹妹用的也是化名吗？"

"没错，她叫宋根妹。"

我感觉一束电流正疾速穿过我的大脑，这个名字不正是那具女尸的吗？

"别聊这些没用的。"Jack 粗暴地打断了我们，他的表情有些惊慌失措。

话题转变，Jack 和何凉生开始问我有关发言的事情，有意无意暗示我在发言中提到他们的名字，在这样的场合被点名，一定会给女神留下印象，对今后的晋升有很大帮助。

我心里有事，耐着性子有一搭没一搭地敷衍他们，直到有人走上舞台宣布大会即将开始，让大家安静下来。

室内的灯光渐渐暗淡，一排炙热的射灯照向幕布，红色的幕布如火焰般明亮起来，大厅里所有人的目光都集中到了舞台上。幕布缓缓拉开，一个气度不凡、身材高大的男人站在台上，没等他开口，台下就爆发出一阵欢呼声。男人似乎见惯了这样的场面，只是微微一笑，气定神闲地宣布女神加持大会的召开。起初我还以为他只是主持人，但 Jack 告诉我，这个人就是云端的老总白羽，他就是当年救治陈老太太时，女神身边的那位助手。

白羽发表了一通官方的致辞后，到了这场大会让我最为期待的环节。

"让我们有请女神登场！"白羽慷慨激昂地说道。

整个大厅爆发出雷鸣般的掌声，我也跟大家一起拍了几下，同时我将脖子抻得老长，想要一睹女神的风采。

一袭白衣的女神翩然出现，迈着优雅的步伐，仿若一位芭蕾舞演员，款款走到台中央。她梳着高高的发髻，露出饱满的额头，如传说中一样，依旧蒙着脸，黑色的面纱将她本就白皙的肤色衬得更白了，一双清澈迷人的眼睛，每一次眨眼都像是在放电，右边眉角上的痣分外妖娆。

此时此刻，哪怕是最当红的女明星，在她面前也会黯然失色。女神的身上具备着某种不可言喻的魅力，或者说是一种不食人间烟火的仙气，无论男人还是女人，见到她都会情不自禁地发出赞叹，惊愕世界上为什么有这样的女人。白羽和女神站在台上，俊男靓女十分养眼，就像电视台里综艺节目的搭档。

坐在第一排的老妇人突然冲上台去，跪倒在女神面前，拿出了医院的诊断报告，说自己的癌症在复查时发现已经治愈了，感谢女神治好了她的肺癌。白羽将老妇人搀扶起来，对她说道："很高兴能见证你的新生，我们云端希望可以救助更多的人，让女神的神力拯救和你一样患病的人。"

老妇人拿出厚厚一沓钱，向台下的人展示道："我今天自愿加入云端，这是我今年的退休金，全部献给女神。比起救命之恩，金钱简直不值一提。"

白羽欣然接受了老妇人的捐赠，将钱投入台上的捐赠箱，又赢得一片掌声。

台下骚动起来，又有六位老人举手，祈求女神可以为自己治疗绝症。白羽将所有举手的人邀请上台，六位老人一字排开，分立在白羽的左右两边。

"熟悉云端的人应该知道，每一届的女神加持大会都会选出三个人，免费接受女神的救助，这三位将会是全场最幸运的人。"

女神从六人面前走过，选择了其中三人，没有被选中的三人怏怏下了台，但还是往捐赠箱里投了钱。被选中的三人都年过六旬，是一个老头和两个老太太。白羽向他们一一询问了病情，他们都是癌症患者，且已经到了晚期，家人和自己都已经放弃了医院治疗。当然了，要不是医院治不好的病，谁会把希望寄托在女神身上呢？

在介绍病情的时候，一张小床被搬上了舞台。女神站在床边，开始为三个人治疗，整个过程和米娅告诉我的差不多，女神在患者身上盖了一条毯子，将手伸入毯子中，按压在病人病变的部位。女神的手如同寒冰，冷得让患者忍不住喊叫起来。

白羽向大家讲解着女神治疗的原理："女神的神力可以穿透身体冻结体内的癌细胞，令癌细胞失去活力，随着代谢系统被排出体外。这种治疗方式对女神的身体是一种极大的消耗，所以没有办法救治所有的求助者。"

在治疗的过程中，所有人都屏气凝神地看着台上正在发生的神迹，人群里窃窃私语起来，但是没控制好音量，很多人都听见有人说了一句："不就是找的托儿吗？"

这句话也说出了我的想法，从米娅告诉我的那位陈老太太，以及今天上台跪谢的老妇人，所有关于女神的神迹都只是从她们嘴里说出来的，从来没有后续的考证，就算她们出具了医院的证明，但也可能是伪造的。没有完全令人信服的事实或是亲眼所见，我对于神力这种事情持保留意见。

台上的女神听到这句话，稍微迟疑了半秒，还是继续完成了治疗。等所有人都治疗完毕以后，白羽阴沉着脸走上舞台，对下面的人说："我知道你们中有些人并不是女神虔诚的信徒，而召开今天的女神加持大会，不仅是救治病人，还为了让你们见识一下女神真正的神力。"

白羽让众人全部到门廊集合，就像为了配合白羽说的话，窗外突然闪了一下。我扭头看去，正逢雷声响起，吓得我浑身一颤，还被身旁的何凉生嘲笑了一句："你胆子还真是小。"

"比起你出卖妹妹保全自己，我可比你有种多了。"

何凉生脸色铁青，憋着气，一句话都说不出来。

"别吵了，快跟着大家一起去外面。"Jack 从坐垫上站起来，听从白羽的指挥，我们跟着所有人一起往大厅外走去。

大厅外是一片宽敞的门廊，所有人都聚集在那里，虽然有了些许行动自由，但范围也仅限于门廊，其他的出入口都有人把守。

天空掉着零零星星的雨点，湿漉漉的草坪反着光。一束追光跟随着白羽。他撑开一把巨大的黑伞，举在女神头上为她遮雨，两人在小雨中走向了那座喷水池。

安静的夜晚，能听见喷水池圆盘上流下的水声，白羽举起一只手打了个响指，喷水池周围的照明灯也亮了起来。瞬间，喷水池如同暗夜中的发光体，连同站在喷水池旁的女神都变得无比亮眼。

女神做出了和那尊雕塑一样的姿势，她闭上眼睛，高抬起左手，右手翻掌缓缓下压，慢慢靠近水池，雨水从她身上滑落滴入水池，荡漾开一圈涟漪。

当女神右手浸入水面的一刹那，不可思议的事情发生了。水池里原本流动的水开始结冰，几秒钟的时间，整个水池全部凝结成了冰，就连圆盘上的水流也变成了冰柱，甚至能听见密集的雨点敲击冰面的声音。

我缓过神来，才发现屋外的雨下大了。

女神和白羽离开喷水池，一柄雨伞无法同时遮住两个人，他们的衣服都不同程度被雨水打湿了，但他们好像没有要停止的意思，走到离我们大约十步远的正前方站定。白羽说道："天公作美，今天这场大雨让大家有机会看到难得一见的奇迹。"

说完，白羽收起雨伞，离开女神身边，和我们站到一起。

只见女神忽然张开双手，低下头，身姿挺拔地站在雨中，丝毫不在意全身被雨淋湿，就如同在运气发功的武术大师，正在酝酿着某种力量。

接下来我看见的画面，一辈子都难以忘怀，巨大的震撼令我失去了理性。

灯光中，从天空落下的雨丝，居然随着女神缓缓抬起的手臂，开始逆行，就好像天空有巨大的吸力，让雨水摆脱了地心引力，由地面往天上飞去。

其他人和我一样，都张大着嘴巴，一动不动地看着面前的奇观。

我起了一身的鸡皮疙瘩，双腿不听使唤地打起了哆嗦，身体摇晃，有点站立不稳。身边有几位老人跪倒在地上，一个劲儿地朝女神磕着响头，他们的表情看起来不像是装出来的。

"嗬！"

女神大吼一声，草坪上所有的灯光全部熄灭。一下子变黑的环境，让眼睛如同失明般什么都看不见了，只听见白羽的声音："女神需要回房间更换衣服，请大家有序地原路返回，我们继续进行加持大会。"

回到大厅，没等我坐下来，就被喊上去发言。

我站在台上，看见台下的人和我一样，还沉浸在刚才巨大的震惊之中。我心不在焉地背诵着发言稿，台下也没有人认真在听，只有 Jack 扬着他方正的下颌，不停地朝我挤眉弄眼。

我不加理会，加快了语速，赶紧结束这场让我很不自在的演讲。

零星的掌声不知是对我发言的尊重还是对下一位发言者上台的欢迎，我依照白羽的指示从幕布旁的门离开。通过门后的 L 形过道，可以回到大厅的门口。

我缩着脖子，独自拐过走廊的转角，与迎面走来的女神撞个正着。

女神换上了黑色长裙，头发还有一点湿，脸上依然蒙着面纱，脚上蹬着高跟鞋，气场十足地站在我面前。如此近距离地接触女神，我不知道怎么就跪了下来，舌头也不利索起来："女……女神！"

也许见惯了诚服的信徒，女神只是小幅度地摆摆手，快步从我身边通过。

"女神，我能不能求你一件事。"我跪伏在地，面对这样的神人，我甚至不敢抬头看她一眼。

高跟鞋声戛然而止，我看见女神的鞋尖慢慢转了过来。

"你想要什么？"这是我第一次听见女神的声音，竟有些耳熟，好像在哪里听过，我不禁有些走神。

女神又问了一遍，我才慌忙答道："我想请您帮我找到姐姐。"

"你去那个房间等我。"

我抬起头，看见女神指着走廊尽头的一扇门，门上挂着"休息室"的牌子。说完，女神朝舞台方向走去了。

有了女神的指令，没有人再来阻拦，我顺利进入了休息室。

休息室布置成了会客厅的样子，里面放着沙发和茶几。茶几上摆着一盆香水百合，角落里的衣架上，挂着女神刚才被淋湿的白色衣服和黑色面纱。休息室内配备了独立的洗手间和小型厨房，厨房的料理台上放着切好水果的果盘。我偷偷吃了一块，嘴里顿时充满了新鲜的汁水，甘甜爽口，在云端的这些日子，连水果是什么味道都快忘记了。我调整了一下果盘里水果的位置，以免被人发现我偷吃了。

我在休息室里转悠了一圈。这间休息室只有女神可以使用，可窗户也安装了防盗护栏，房间内没有什么生活痕迹，女神应该不住在这里。窗外依然被狂风骤雨笼罩，在这样的荒郊，空气阴冷潮湿，不免增添了一些恐怖气氛。

休息室里没有时钟，我不知道现在是几点，只能坐在沙发上等着女神过来。

不知不觉，我睡了过去。

迷迷糊糊中，有人在我身上盖了东西，周身顿时温暖了许多。

我立刻惊醒过来——有人来了！

女神端坐在我面前，厨房的果盘不知什么时候被拿到了茶几上。

"吃点水果吧。"女神对我说。

我担心地看了眼果盘，心想，该不会被发现了吧。

"你怎么额头上全是汗，是哪里不舒服吗？"女神对我表现得十分关心。

"很抱歉，不小心睡着了。"我连连道歉。

女神"扑哧"一下笑出声来："这么多年来，你可是从来不会向我道歉的。"

"欸？"冰封在我内心的疑惑正在慢慢融化，"我们认识吗？"

女神摘下面纱，虽然她脸上化了很浓的妆，和原来的她有了天翻地覆的差别，但我还是一眼认了出来。

"姐姐！果然是你。你怎么会成为女神——"

姐姐伸手阻止我继续说下去："白羽被信徒们缠住了，他马上就会来带我走，我们还要准备三天以后的信徒大会。最多还有五分钟的时间，不能让他知道你是来找我的。"

"爸妈死了。"我言简意赅。

姐姐嘴唇颤抖了几下，半晌才问了句："怎么会？"

"是车祸。"我答道，"我急着来找你是为了继承遗产的事情。"

"遗产？"姐姐追问起来，"又是为了钱，你该不会在外面惹事了吧。"

见我低头不语，她的表情渐渐从哀伤转为愤怒："怎么会突然出车祸呢？我看没准儿就是你害死了爸妈！"

我走向姐姐，正在气头上的她毫无防备。我取出藏在袖子里的刀，往她的心脏处扎了下去。

她瞪大眼睛，表情狰狞地看着我，张开的嘴里发出"呜噜呜噜"的声音。我慌忙用另一只手捂住她的嘴，生怕她喊出声。我不敢与她对视，于是别过头去，她的双手死死抓住我的肩膀，但力量很快变得越来越小，最终双手无力地滑落下去，整个人倒在了茶几上。

她没有闭上的眼睛，正对准果盘，似乎才发现果盘上少了那把用来切水果的刀。

我惊讶自己居然毫不慌张，甚至有些窃喜，毕竟我刚刚亲手让自己成了丁家唯一的法定继承人。

况且，我也不是第一次杀人了。

第五章

许多事情冥冥之中早已注定，我在洗手间恰好看到了 Jack 手机上的那条短信，才让我犹豫要不要报警，而当我犹豫的时候，其实心里已经有了答案。

短信是将我调往女神身边的通知，这对我找人是一个好机会。而我错失的机会，却令何小双陷入危险的境地。

Jack 很快就发现有人动过他的手机，因为手机锁屏我无法清除通话记录，列表里保留着报警的电话号码，第二天就被 Jack 看见了。

无疑，何小双是第一嫌疑人，也是唯一的嫌疑人。有人看见何小双被带进了歇宿，怕被人怀疑我不敢多问，表面故作镇静，可是心里已经如翻江倒海般纠结起来。我既担心何小双会供出我是她的同谋，又希望 Jack 尽快来找我，让我前往女神的身边。

过了三天，何小双一直没有露面，我并没有意识到偷手机这件事情，在云端组织里是多么严重的罪行。

这天，Jack 将我单独叫到了歇宿里，告诉我一个意想不到的消息。

"通知所有人，今天搬家。"

"今天？搬去哪儿？为什么要搬？"我不知为何激动起来，连珠炮般抛出一连串问题。

"这些你不必知道，但有一件事要恭喜你。"Jack 向我伸出手，紧紧握住了我的右手。

他终于要放我去女神身边了，我的内心小小雀跃了一下，又压抑住激动的情绪，耐心听 Jack 说下去。

"接下来你不必再待在我这里了，你要去更接近女神的地方。"

"离开这里还真有点舍不得。"我故作遗憾状。

"行了，少来这套，可别高兴得太早，你必须先替我办件事。"

"您尽管吩咐。"

Jack 走到他的床边，掀开床单，赫然映入眼帘的是何小双。她衣不蔽体地仰躺着，脸上没有一丝血色，眼睛微闭。

何小双的样子让我感到害怕，我不敢靠近。

"她怎么了？"

Jack 将床单完全拉开，我捂住嘴才没让自己叫出声来。只见何小双的腹部插着一把刀，她的双手紧握住刀柄，手腕上能看见曾被人捏住的手指印。

"今天早上，她趁我不注意的时候，拿刀自杀了。"Jack 没有向我交代何小双死亡的前因后果。

看着何小双的尸体，直觉告诉我，她不是自杀。但我没有勇气点破，只能问道："你叫我来做什么？"

"所有人中，你是我最信任的，我决定由你替我料理何小双的后事。"

我愣一下，有点不明白 Jack 的意思。

Jack 接着解释道："不是让你去操办葬礼，而是帮我把尸体处理了。"

"要我怎么处理？"

"这个你自己想办法搞定。"

"我可干不了！"我断然拒绝。

"只有办好了这件事，我才会放你去女神那儿，否则你别想离开。"Jack 看准了我的软肋，虽然他不知道我在找人，但他知道我非常想接近女神。

我看着何小双的尸体，心里责怪着自己，要不是因为我的私心，她就不会死了。至死她也没有把我供出来，就为了这点，我也应该送她一程。我脱下自己的衣服，替衣不蔽体的她盖上。

见我不再拒绝，Jack 又叮嘱道："这件事一定要对所有人保密，尤其是何凉生。我会跟他说何小双已经去了女神那儿，你可别说漏嘴了。"

两个小时后，楼下来了一辆大巴车。在 Jack 的指挥下，所有人开始陆续搬离，歇宿里的部分家具和杂物也被搬走，原本热闹的房子一下子冷清下来。

Jack 只留下我一个人，并且给了我一个小时，让我处理完何小双之后，去楼下的轿车里和他会合。

其实我并不是很清楚 Jack 的授意，要我如何处理何小双的尸体。

总不见得是让我分尸吧？

我迅速否定了这个想法，这种事情怎么也不会想到让我干吧。我继续琢磨"处理"这两个字，既然是要掩盖一具尸体，无非是将尸体隐藏起来不被发现，但这是我一个活人都没法办到的事情。

虽然难度不小，但我告诉自己，这是去往女神身边最后的考验，我一定要完成它。

被清空的歇宿里，只剩下何小双所在的那张床垫。不知从哪儿冒出来一只老鼠，还是只幼鼠，体形只有拇指般大小，它拖着细长的尾巴，一路嗅着墙根。屋子里住了这么多人，环境本来就不太卫生，再加上楼下有个垃圾场，臭气熏天，住在这里时常和"四害"为伍，看见老鼠我也见怪不怪了。可能原本栖息的居所突然发生变故，让它有点不知所措，就算是我一个大活人站在它面前，它也没有要逃跑的意思。

突然，我心生一计，无论何小双是不是被 Jack 杀死的，Jack 一定是想撇清自己杀人的嫌疑，那么如果让何小双看起来是自杀无疑，那就不存在杀她的凶手了，这也算是一种处理方法。

我重新掀开盖在何小双尸体上的床单，尽量不去看她的脸，我先处理一下乱糟糟的床铺。床铺上有不少头发和碎屑，比起淡淡的血腥味，更加呛人的是男人的体味。Jack 应该也是很久没有洗澡了，怪不得老鼠爱待在歇宿里。

为了方便收拾，我将床单和被罩揉成一团，准备带下楼扔掉，这样就算有不利于 Jack 的证据，也可以一并销毁。由于何小双的死状特殊，我没办法替她换身干净的衣服，就尽可能替她套上我的衣服。她的身体已经僵硬，我无法调整姿势，两只袖管穿不进去也只能作罢。将她的头发理整齐，脸上和手上用湿毛巾擦拭干净，收拾了一番后，尸体给我一种错觉，看起来像是何小双用刀捅自己似的。

我静默地看着何小双，在这段不短也不长的日子里，我和她算是萍水相逢，虽然谈不上是知心好友，但她也是我在云端里唯一有好感的人。好几天前还踌躇满志要离开这里的她，现在已是一具冰冷的尸体，不免让我唏嘘，生命比我想象中脆弱许多，而在生命中出现的每个人都值得珍惜。

我朝尸体鞠了三个躬，郑重地向何小双道别。

Jack 留给我的时间已经过半，接下来我要做的事，就是让她看起来百分之百是自杀。

我把擦尸体的毛巾包在手上，将那只老鼠堵在墙角，没有了杂物的掩护，我成功抓获了它。我用毛巾将它包裹起来，找来一个大碗将它扣住，再用房门夹住防止它挣脱逃跑。

随后，我卸下了歇宿里的一个插座面板。找不到拧螺丝的工具，我就用衣服上方形的拉链拉片充当螺丝刀，连着电线的面板像成熟的麦谷垂了下来。我走到歇宿外的客厅中，如法炮制，在与歇宿相邻的墙上，也卸了几个插座面板。每卸下一个，我就用力扯面板后的电线，直到我在扯其中一根电线的时候，歇宿里传来了响动。

就是它了！这个插座的电线应该和歇宿里的插座是相通的。通常住宅内强电的电线都是串联的，每个插座之间利用埋在墙内的 PVC 电线管连接，在 PVC 管中穿入电线，以起到绝缘和保护的作用。

之所以我会知道这些有关装修的知识，是因为父母亲的锁厂本身会和一些装修公司打交道，我也去过一些施工现场，对施工略懂些皮毛。

歇宿主要保管所有人的贵重物品，所以 Jack 对门锁进行过改造，更换了新锁。锁芯匹配的是台湾斜孔钥匙，除了门锁自带的那两把钥匙，不可能还有其他备用钥匙，整个德宁市也配不到这种钥匙。

通常，某一种钥匙无法复制的原因有两种，一种是没有匹配的钥匙坏模，另一种是没有相应的配匙设备。对于德宁市来说，台湾斜孔钥匙这两种困难兼具，所以不可能有第三把歇宿的钥匙。

而现在，这两把钥匙 Jack 都交到了我手里。

我试了试钥匙，都可以从歇宿外锁上房门，除了从房间内打开门，就只有用钥匙打开门锁了。我将其中一把钥匙放进尸体的口袋里，拿着另一把钥匙，想去厨房找一些米饭。我发现了一个被遗忘的外卖打包袋，打包袋上还贴着这里的地址，反正已经搬家了，Jack 也懒得处理。在打包袋里找到一点剩饭，我把米饭搓揉成黏稠的糊状，钥匙粘了米饭，可以将它粘到老鼠身上。

我打算让老鼠钻过电线管，将钥匙带进歇宿内。进入歇宿后，待它饥饿的时候就会吃掉自己身上的米饭，粘在它身上的钥匙就会掉落下来。如此一来，两把开门的钥匙都在房间里，也就证明了是何小双自己从房间里锁的门，带着钥匙自杀的原因可以解释为生怕别人进入而打搅她。

所有的准备工作完成，我检查自己的计划是否还有什么问题。我试着将钥匙塞入电线管中，发现钥匙的握柄比较大，无法通过电线管。我在高低不平的门槛处压住钥匙，只露出握柄的一部分，用一只脚固定住，另一只脚重重地猛踩下去。

薄薄的钥匙比想象中坚硬，试了好几次，不是踩歪了就是没有踩断钥匙，我累得筋疲力尽，连鞋底都开了花，总算将钥匙一断为二。

我将握柄的碎片放在了尸体远离房门的身侧，然后走出歇宿。歇宿的门上原本镶嵌着透明的玻璃，Jack 为了保密，在玻璃上贴了云端的宣传标语，以遮挡其他人的视线。而歇宿的门有点老旧，合页松动导致门有些下垂，门下面几乎贴着地面，没有一丁点缝隙，连塞一张纸进去都十分困难。

我将玻璃上的纸全部撕去，隔着玻璃最后看了一眼何小双的尸体，利索地锁上了门。

从大碗下面抓出老鼠，将钥匙粘在它的背上，然后把它头朝里塞进了电线管。老鼠发出"吱吱"的叫声，扭动着身体和尾巴，敏捷地挤进了电线管之中。几秒钟后，就听见歇宿内老鼠的叫声了。

我从玻璃外确认老鼠和钥匙都如我所料进入歇宿以后，便拉动外面插座上的电线，使得歇宿内的那个插座即使没有螺丝固定，也紧紧地贴着墙面。我再将外面的插座面板安装复原，一切就大功告成。

就在我用拉链拉片拧螺丝的时候，注意到地上散落着一本杂志，封底朝上的部分恰好是一张明信片，明信片上已经带了邮资。

我朝大门看了一眼，Jack 还没来，我赶忙沿着虚线撕下明信片，遗漏在外卖打包袋上的地址现在可以派上用场了。我在寄件方和收件方分别填写了这里和家里的地址，然后从客厅的窗户扔了下去，明信片在空中翻滚，如雪花般飘落到马路上。

窗下是大楼正门背后，Jack 停车的地方看不见。楼下路口有一个绿色邮筒，希望可以有人发现这张明信片，从地上捡起来，替我投入邮筒。

我正想得入神，Jack 出现在我身后。

"搞得怎么样了？"他对我还是有点不放心。

我吓了一跳，惊魂未定："哦，都弄好了，来窗边透透气。让她看起来是自己反锁在房间里自杀的。"

Jack 走到门边，看到老鼠身上的钥匙，似乎明白了我的用意。他捡起地上的碎纸屑，幸好还有被我扔得到处都是的宣传标语，他才没有发现杂志上缺了一块。

Jack 满意地对我说："时间差不多了，把窗关了，走吧。"

我将衣服袖管拉长，包住手掌，开始擦拭插座面板和门锁。干完这些，我朝大门口走去准备离开，Jack 却叫住了我。

"我手里拿着东西不方便，你替我锁下大门。"

他将大门钥匙交给了我，我用袖管包住钥匙插入锁孔，向左转动两下，听见保险锁舌卡入门框的声音后，我拔出钥匙交还给他。

"这房子以后不会来了，钥匙也不用给我了。"Jack 朝我摆摆手说道。

我瞥见门口的杂物箱上摆着香水百合，便挪开花盆，顺手将钥匙放在了盆底。

照例，Jack为我套上了头罩，将我带下楼坐进了车里。

汽车发动，我能感受到路面不平而传递给车身的颠簸，即将要离开这个待了两年的地方，心中不免有所感慨。人类天生多愁善感，虽然这里没有给我留下什么美好的回忆，也没有值得留念的地方。比起何小双我还算幸运，不管是不是自杀，她的死都是一个悲剧。

我对她尸体所做的事情，只是不让人误会她的死因，这应该构不成犯罪吧。法律方面知识匮乏的我，只能这样安慰自己。

而我所做的这一切，就是为了能去到女神身旁，那个人没准儿就在那里，找到那个我挚爱的人。他在与我热恋的时候突然离去，没有告诉我他的去向，也没有留下一句话，我只在他的物品中找到了云端的宣传单。

有人说，放弃一个爱你的人不算什么，但若放弃一个你爱的人才是人生最痛苦的事情。他离开以后，我想过放下，就像许多经典情歌的歌词里和至理名言说的一样，我开始一段新的感情，或是享受单身的自由，一段时间之后就能从伤痛中走出来。但是我不甘心，我一遍遍问自己，他要离我而去的原因，是我哪里做得不对吗？或者他是被云端强行带走的？

那段时间我钻了牛角尖，在不断的自我怀疑和自我否定中，对他无法自拔，也清楚地明白了自己最爱的人就是他，他在我的心中无可替代。

为了他，我不惜抛弃父母想要交给我的锁厂；为了他，我狠狠地伤了夏陌的心，才让她离开我，我拒绝她的方式甚至带有一些侮辱。

我将她约出来，说要明确我们的关系。

"我和你是不可能的，我们在一起我甚至感觉到恶心。"很难相信这样的话是从我嘴里说出来的。

当从我严肃的表情中看出来这不是玩笑后，夏陌哭着转身跑走了，不顾生命危险冲入车流中，就想尽快从我眼前消失。

至今，对她的愧疚之情还让我耿耿于怀，想到这里，我不由得转了转右腕上的水晶手链。

为了这个男人我奋不顾身，在云端组织的底层待了整整两年，而此时，我正在去找他的路上，感觉越来越接近他。我开始想象和他见面时会是什么样的景象，他见到我的出现，又会有怎样的反应。他突然不辞而别，是因为被云端限制了行动吗？之所以他能够在女神身边，难道是和我一样，假装成为虔诚的信徒而伺机逃跑吗？

我幻想着无数种可能性，我甚至都不关心他们所膜拜的女神是何方神圣，什么都不能改变我心中的计划。我就是要找到他，然后和他一起离开云端。

车停了一下，我听见类似铁门开启的声音，汽车再次启动，没开出多远，很快就又停了。

应该是抵达目的地了，Jack 告诉我可以下车了。有个陌生女人扶着我的手，让我跟着她往前走。

我身后的汽车一直没有熄火，我走出几步，汽车就开走了。Jack 没有下车，他应该是要去新的地方，继续担任他主任的职位。

进入室内的房间，摘掉头罩，我面前是一位笑容甜美的女人，二十七八岁的样子，虽然化了妆，依然能看出有很明显的黑眼圈，右眼眉骨上长了一颗显眼的痣。她的身材不算好，腰腹部有不少赘肉。

她为我倒了一杯水，让我先休息片刻，说马上会有人来接待我。

我捧起水杯，一口喝干了里面的水。

女人笑了起来，又为我添满了水。

"谢谢。"我冲她笑道。

"不客气。你可以叫我孙静。"她自我介绍道。

我点点头，就没有再说话。在云端组织里，没必要知道太多人的名字，也没必要让别人知道自己的名字。

这里和我想象的有很大出入，干净整洁的房间、柔软舒适的沙发，甚至这位陌生女人的穿着打扮，也显得十分有品味。这里没有云端组织内剑拔弩张的气氛，刚才在车上澎湃的心绪，也逐渐平静下来。

我发现孙静一直盯着我，看得我有些尴尬。

"你真美。"孙静冷不防夸奖我道。

我不知该怎么回答，只能一个劲儿地喝水。

"难怪他一直对你念念不忘。"孙静的语气里有些羡慕。

听到这句话，我来了精神："你说的他，是王康阳吗？"

"原来他和你在一起用的是这个名字。"孙静自言自语道。

"我不明白你的意思。"

"哦，我忘了，你们有两年没见了，他现在在这里叫白羽。"

"白羽？"

"没错。也是他把你喊到这里来的。"

我开始有点怀疑我们俩说的不是同一个人。

不过，答案很快揭晓了。

一个身姿挺拔、精神帅气的男人走进了房间。他走路的姿势、发型的分路，甚至眨眼的习惯，都是我熟悉的样子。

"康阳！"我激动地站了起来，要不是有陌生的女人在场，我几乎就要扑到他身上去了，"我终于见到你了！"

可是王康阳没有表现出丝毫的喜悦之情，不冷不热地对我吐了一个字："坐。"

他的态度如此冷漠应该是碍于旁边有人，虽然这里给我的感觉很好，但毕竟是云端的总部。

"康阳，这两年你过得还好吗？"我迫切地想知道他的一切事情。

王康阳点上一根烟，用一种异样的眼神看着我，眼中没有了以前的无限温柔。

"真没想到你会进入云端。"

我想说这么做全是为了他，可看了一眼孙静，我把到嘴边的话又咽了回去。

王康阳似乎看穿了我的心思，他走到孙静旁，一手搂住她的肩膀："孙静是自己人，没有什么话不能当她的面说。"

"你和她……是什么关系？"

"我们是工作上的合作伙伴。"王康阳吐出一个烟圈。

我根本不相信他说的话，他们的亲昵动作已经超越了普通的男女关系。

"王康阳，你就是为了她离开我的吗？"我直呼其名。

"在这儿，叫我白羽。"他依旧是一副冷淡的样子。

"不管你叫什么名字！两年前，你是我的男朋友，可是你却抛下我……"

"行了！"他粗鲁地喝止了我，"别忘了我们现在是在什么地方，今天找你来是有正事要谈。"

我已经什么都听不进去了，这两年来我就像花痴一样，为这个男人干尽了傻事，实在是不值当，我觉得自己的感情被玩弄了。委屈、不甘、懊悔，各种复杂的情绪在我心中翻搅，来时所有的幻想如气泡般幻灭，整整忍了两年的眼泪，彻底决堤，我大哭起来。

王康阳显然对我如此激烈的反应始料未及，他在烟灰缸里掐灭了烟，过来按住我的肩膀，安慰起来："我知道你对我的感情，否则我也不会把你叫到这里来，我是遇到了麻烦，需要你的帮忙。"

我抬头看着他的脸，还是和我记忆中一样英俊。不知算不算肤浅，我必须承认自己无比迷恋这张脸，相信没有多少女人可以抵抗住他的魅力。

他又恢复了以往的温柔，让我心中再度燃起小小的幻想。

王康阳用大拇指拭去我眼角的眼泪："我还能相信你吗？"

我甩开他的手，问道："你想要我做什么？"

"我想要和你在一起。"

"啊？"幸福来得太突然，我有些不敢相信，"你骗人！"

"不然的话，你为什么会来到这里？"

"你是要带我离开云端吗？"

王康阳浅浅一笑，说道："恰恰相反，我希望你可以留下来陪我。"

"我只想回家。"我一口回绝，每天如同囚犯一样的日子，我不想再过了。

"云端就是你的家，我会让你成为云端的女神。"

"少开玩笑。"我指了指自己,"我怎么可能成为女神。"

"只要你成为女神,我们就可以在一起了。你知道云端的制度,我没有办法离开。"王康阳显出很无奈的样子。

"我有办法带你离开。"我盘算着大不了再把原先的计划实施一遍,我对一边的孙静说,"如果你愿意,我可以带上你。"

孙静和王康阳对视一眼,诡异地笑了起来。

"你知道她是谁吗?"王康阳问我。

我重新打量起孙静来,她虽然举止优雅,可是看起来平平无奇,除了那颗痣,她的长相并不会给人留下深刻的印象。王康阳可以在这样的房间里进出自如,必定是有很高的职位,从孙静对王康阳百依百顺的态度来看,应该是他手下的成员。

王康阳说出孙静身份的时候,令我大惊失色。

孙静正是整个云端组织顶礼膜拜的女神本尊。我无论如何也想象不到,传说中具有神力的女人竟然是眼前这位。我对孙静并没有敌意,但在她身上看不到女神所应该具备的强大气场,她是如此普通,普通得甚至让我联想到了何小双——更像是一个在云端底层默默无闻被操控的成员。

或许她就像武侠片中的绝世高手,不显山不露水,只是我低估了她。

可是有一件事我不明白:"既然女神就在这里,为什么我还要成为女神?"

"因为她不能继续了。"

听到王康阳这么说，孙静不由得低下了头，双手交叠放在腹部。

"为什么？"

"怀孕的女人不能成为女神，信徒们会认为不圣洁。"王康阳说道。

我这才明白过来，孙静微微隆起的腹部，并不是堆积的脂肪，而是有孩子了。

"这孩子是谁的？"我问孙静。

"这个不重要。"王康阳说。

"是你的孩子吧。"我质问王康阳，"你们俩到底是什么关系？"

"我们没有关系，孩子也不是我的，不信你问她。"王康阳躲闪着我的目光，一副做贼心虚的模样。

"如果你想让我帮你，那就对我说实话。"虽然他否认孩子是他的，我仍十分在意这件事。

"白羽和这个孩子没关系。"孙静替王康阳做证道。

"你确定？"我给了孙静一个怀疑的眼神。

"这种事情没有人比我更确定了吧。"

她不像是在威逼下才这么说的，如果她是和王康阳合谋骗我，又为什么要撒这样的谎呢？

关于孩子的问题，我不再深究下去，于是问王康阳打算怎样让我成为女神。

"再过一个月，就将要召开女神加持大会，到时候你只要依照我的安排，在台上做一场秀。"

"他们不会认出来吗？"我和孙静两个人容貌身材都没有相似之处。

"女神在公开场合都会蒙着面纱，也不需要说话，只要眼睛化了浓妆，再用服装修饰身形，有时连我都难以分辨。"

"这就是所谓的女神？"我不屑道。

"当然，还有些表演，这几天我会安排你彩排。"

王康阳熟练地讲述着女神诞生的过程，就如同一名演艺经纪人，在包装旗下的艺人。

"你应该也不是这里的第一个女神吧？"我问孙静。

孙静嫣然一笑："我刚来的时候也听了这些。"

"我抢了你的饭碗，你今后怎么办？"

"我应该会离开这里吧。"孙静用询问的口气说出了自己未来的打算。

从来到这里看见王康阳开始，他就处于控制者的地位，他能够在总部出入自由，甚至能够控制和更换女神，他在云端中的地位可见一斑。他现在要我做的事情，无非是成为他的傀儡，让他可以操纵所有的信徒。

毫无疑问，王康阳才是云端组织真正的头目。

可我的爱情是盲目的，我的眼睛里看不见这些，或者说，我不想去看他身上阴暗的地方。

"我为你做完这件事，我们还会在一起吗？"

"当然，只要你愿意，我不会再离开你了。"说完，王康阳在我的额头上轻轻吻了一下。

在他的甜言蜜语中，我完全沦陷了。

我的头靠在他的胸膛，重温往日的温柔，似乎一切都没变。这个时刻，只想能完完全全地拥有他，我什么都愿意为他去做。

"对了，以后别再叫我王康阳了，在这里，你要叫我白羽。"

"遵命，白先生。"

"你先去洗漱一下吧。Jack 那里条件不好，让你受委屈了。"

我低头看看自己的双手，就在几个小时前，才触摸过何小双的尸体，是应该要洗洗晦气。

"我带你去吧。"孙静总算找到了开口的机会，不知是不是有些无聊，她不住地打着哈欠，就像犯了烟瘾一样。

和王康阳暂别，我跟着孙静开门走了出去。

"丁敏！"王康阳叫住我。

"怎么了？"我驻足回首。

王康阳收起笑容，表情骤然严肃，让我不由得有点害怕。

"你要把自己的名字忘掉，在这里你只有一个名字。"王康阳用低沉的嗓音说出了两个字——

"女神！"

最终章

我探了探姐姐的鼻息，已经没有了呼吸。即使她的脸上化了妆，也能看出正渐渐惨白的肤色。

　　多年以来，对她乃至对整个家的积怨，这一刻都得到了宣泄。

　　姐姐比我年长三岁，她从小到大的优秀，给我造成了巨大的压力，无论如何努力，我的身边永远有一个她作为参照物。长辈和朋友总会拿我们做比较，尤其是学习上。我天生不是读书的料儿，因为学习上的问题不知被父亲教训过多少次，可是成绩依旧没有任何起色。而我们相差的三年，正好是人生的关键节点，初中升高中，高中考大学，以及大学毕业踏入社会工作。每次在这些时刻，父母亲都优先为姐姐的前途着想。轮到我的时候，却敷衍了事，还假惺惺解释，说我的成绩没有给他们太多的选择余地。他们经营的锁厂也一直想让姐姐来接手，这个家可是有两个孩子，他们反倒像三口之家——我是多余的那个。外面欠的债快要压垮我了，我也是为了赚钱才这么做的。可是父亲宁愿和我断绝关系，也不愿意替我偿还债务，父母亲始终如此偏心，我没办法不为自己争取利益。我在他们的车上动了手脚，原本想着他们出点事故受伤的话，锁厂就会暂时无人管理，我好趁着账目混乱的时候捞一点钱出来。谁知那天一直在市区开车六十码的父亲，意外地带着母亲上了高速公路，这才酿成大祸。

我忽然想到，算上眼前的姐姐，我算是亲手制造了自己家的灭门惨案。看到倒映在窗户上的自己，不知是不是因为刚杀完人，整个人散发出暴戾和冷酷，我现在明白为什么有些杀人狂看起来会像精神病人了。

雨没有减弱的迹象，始终噼噼啪啪拍打着玻璃窗。现在这个季节，正是雨水丰沛的时候，看来最近都不会出太阳了。

我拍拍自己的太阳穴，让自己别再胡思乱想，我只有五分钟的时间来办正事。

姐姐尸体上，水果刀扎中的位置没有流很多血，我擦干净刀柄上的指纹，拿起她的右手握住了刀。我发现她右手手腕上戴着一串黄色的水晶手链，样子看起来和夏陌手上戴的一模一样。

我思索了一秒钟，将手链取下来，套在了自己手上。

然后，我将尸体拖到窗边宽敞一点的地方，摆出协调的姿势。姐姐是一刀毙命，没有抵抗伤，伪装成自杀应该不会有破绽。

女神在云端总部自杀，这样的骚乱足以令我脱身了，在这里没有人知道我和她的真实关系。

我将平自己曾经坐过的沙发上的褶皱，再将水果盘放回厨房，摆成没人动过的样子。布置停当，我准备走出房间，然后假装开门发现女神自杀的尸体，所有人都会被我的尖叫声吸引过来，我再趁乱找机会溜走。这所房子里我至今没有看见电话，院子里的围墙也太高，徒手肯定翻越不过去。我计划借助一辆院子里停着的车，钻进后备厢里等着。有人死了，依照云端一贯的作风，一定会想要大事化小，知道的人越少越好。到时候肯定是让大家都先离开，我就能跟着车神不知鬼不觉地一起离开了。

我正想到得意处，休息室的门被推开，我差点和迎面而来的门撞个满怀。

进来的人是白羽，在休息室看见我，他立刻警惕起来。

"你怎么到这来了？"

他比我预想的来得早，计划被打乱的我，紧张得心怦怦乱跳，瞥了眼地上的尸体，我一咬牙，决定先发制人。

我双手紧抓住他的衣服，开始表演起来："啊！您来得正好，我在走廊迷了路，看见这里有个房间就误闯了进来，谁知正好看见女神在用刀自杀！"

白羽连忙跑到姐姐的尸体旁，蹲下身子，伸出右手的食指和中指，按压在尸体脖颈上，同时他也看到了插在心脏上的那把水果刀。确认姐姐已经死亡之后，白羽的反应和我预料中的一样，他急忙关上房门，并且将门反锁起来。

"我想出去！我不想待在有死人的房间里！"我故意装出害怕的样子。

"闭嘴！"白羽恶狠狠地说道，抬手作势要打我。

配合他的威胁，我闭上了嘴。

他走到窗边，把窗帘统统拉了起来，在房间里转了一圈，走进厨房以后，我听见他咂了一下嘴，估计是看到水果盘，知道刀是从哪儿来的了。他又折回尸体旁，仔仔细细地看了一遍，突然做了个让我大跌眼镜的举动。他拨开姐姐的手，从尸体上拔出了那把刀，举在离眼睛很近的地方认真检查着刀柄部分，他的样子让我想到了小说里的侦探。

"人是你杀的吧。"他冷笑道。

"我……我怎么会杀女神呢。"

"别装了！有人擦过刀柄。"

"我没骗你，她真是自杀的。"

白羽一把捏住我的手腕检查起来，我几乎和他同时发现，我的右手指缝间，有一些白色的粉末，不知道是什么时候沾上的。

"你到底是谁？为什么要杀她？！"

"我真的没有杀人，你要怎么才能相信我说的。"我死扛到底。

"你手指上的粉末是醋酸钠，如果你没碰过那把刀，是不可能沾上的。"白羽见我死不承认，拿出手机，调出一张电子火车票给我看，"她买了下周回家的票，怎么可能自杀？"

虽然我不知道什么是醋酸钠，也不明白为什么我手指上沾了这玩意就是凶手了，但我从白羽坚定的语气中能感觉出，他已经洞察了真相。

不过，白羽看起来并没有要报警的意思。他没有任何证据，就算证明我拿过那把刀，也并不能证明人是我杀的。

他打量着我："你就是那个救了 Jack 一命的人吧。"

"那只是混乱时的一时失手。"我不愿承认自己用刀刺了隆哥，怎么说那也是故意伤人罪。

"我倒不认为你是失手，那把用来刺人的刀是哪儿弄来的？"白羽一下就切中了我的要害，云端内部是绝对没机会接触到锋利刀具的。

"记不清了，应该是随手捡的。"

"你觉得谁会去磨一把餐刀？"

我没想到白羽了解的事情比我想象的多，他深邃的目光中，似乎蕴藏着更多的秘密，让人捉摸不透。

"你可能还不知道，那个被你刺伤的男人死了。"白羽说最后两个字的时候，故意加重了语气。

"不是为他叫了救护车吗？"

"是被送进医院了，不过最后没有抢救过来。"

"怎么会……"我不相信白羽说的话，可我也不确定自己知道的消息是不是准确，毕竟我也只是从米娅嘴里听来的。

"故意伤人罪是可以处十年以上有期徒刑、无期徒刑甚至死刑的。"

"那只是意外！我是正当防卫。"

"这些话你可以留着跟法官去解释，不知道相隔一天时间就牵扯进两起命案，要怎么让他们相信都是巧合。"

一旦警察找上我，继承遗产的事情就要泡汤了。警察一定会查出我和姐姐的关系，也就会知道我有杀人动机。要是被警察盯上了，说不定他们会利用某种高科技的刑侦手段，就锁定我是凶手了。我越想越担心，运气不好被白羽撞见，如果不能脱身，估计下半辈子就没机会享福，只能在监狱里度过了。

难道也要杀了他吗？

我很快放弃了这个念头，我与他的身型和力气相比悬殊，除非是偷袭，否则没有半点机会。

白羽精准地把握住我的心理状态，适时地提出了我无法拒绝的条件。

"你应该庆幸自己身在云端，我们的口号是云端相信我！只要你还是我们中的一员，我们就不会放弃你。"

我听出白羽话中有话，接话道："我正是为了见到女神才来到这里的。"虽然是套用了米娅的话，可我并没有撒谎，只是我见到女神是为了杀死她。

"只要你愿意为云端有所付出，我可以当作什么都没有发生过，你有五分钟的时间考虑。"

"有没有烟？"这个时候，我需要尼古丁和焦油的味道让自己支撑下去。

白羽给了我一根中华，点上火，我用颤抖的手指夹着烟，猛抽了好几口。

"我考虑清楚了。只要你放过我，什么都听你的。"我别无选择。

白羽露出阴谋得逞后的笑容，朝姐姐的尸体努努嘴，说道："从现在起，你接替她成为云端新的女神，出席三天之后的信徒大会。"

我张大嘴巴，不知该说什么。

这简直就是天方夜谭，荒谬至极。我才见识过女神的表演，治疗癌症患者，让流水结冰，逆转雨水，这些都是超凡的神力。

"我知道你在想什么，那些神迹你也可以完成。女神以前和你一样，她并不是天选之人，而是我选的人。"他的语气中带着对姐姐的不屑，尽管不到半小时之前，她还是他的同伴。

我醒悟过来，我知道姐姐曾经有一个深爱的男人，应该就是面前这个白羽了。女神刚开始治疗癌症患者的时候，姐姐还没有离开家加入云端,所以那时候的女神应该另有其人,而操纵这一切的,应该就是这个男人。

"对了,我记得你的名字叫丁捷吧。"白羽突然问我。

"呃,没错。"知道我名字的人太多了,没有隐瞒的必要。

"你成为女神正是天意!"白羽话锋一转,"我想,没有比丁敏的妹妹更合适的人选了。"

"你……你……这话什么意思?"我嗅到了一丝可怕的气息,我后悔没有像何凉生一样使用化名,丁敏和丁捷这两个名字很容易让人联想到是亲属关系。

白羽用一只手捏住我的下巴,托起我的脸:"我和丁敏谈恋爱的时候就听她说起过有一个任性的妹妹,虽然你们不是双胞胎姐妹,但毕竟有着血缘关系,眉宇间还是能看得出一些相似之处。"

我大脑飞速运转,以白羽奸诈狡猾的才智,他一定会调查到我是为了遗产杀害姐姐的。今后我就如同被他掐住了要害,受他的威胁和摆布,当我对他没有利用价值的时候,他就会像对待姐姐的尸体一样,将我一脚踢开。我甚至怀疑自己被召唤到女神身旁,是否也是白羽的刻意安排。

完了,遇到一个如此强大的对手,我根本不可能离开云端了,继承遗产过上富裕日子的梦想摔得稀碎。我似乎看到了自己的未来,在无休止的牢狱般的生活中孤独度过。

白羽就像戴着一个笑脸的面具,面具下是丑陋、阴险、狠毒的魔鬼。

我绝望地一屁股坐在地上，白羽巨大的阴影将我笼罩，有一种黑云压城的窒息感。

快要透不过气来了。

三天来，雨一直没有停过。

我像马戏团里被囚禁的动物，除了睡觉，就是接受白羽对我的训练，主要是院子里的走位和一些动作要领，虽然强度不大，但是在雨中不断重复还是令我身心俱疲。

我依然睡在醒来的那个房间，米娅应该是被他们送走了，白羽另外派人在门口看管着我。白羽担心我身体虚弱，让他的手下每天给我注射一剂营养针，每次打完针，我都会重新抖擞精神。

我一个人待着的时候，时刻想从这里出去，但时间紧迫，我对这里的环境完全不熟悉，今天已经是信徒大会召开的日子，我依旧没想出办法来。

与女神加持大会不同，来参加信徒大会的都是和 Jack 同级别的主任，也就是云端组织各地区的管理者，算得上是云端最忠实的信徒了。而大会的主要内容，主要是向信徒们展现女神的神力。

我问过白羽，为什么要做这些事情。

白羽认为，人的信仰是可以被控制的。人类的本能是对死亡的恐惧和逃避，无论是在生理还是精神上，人们的行为都是在抗拒自身物理上的死亡。然而信仰可以改变对死亡的理解，意识和精神是可以在死亡后永久延续的，尽管肉体最终消亡，精神却置于云端之上。但是信仰的本质需要借助他人来完成自我救赎，这是人的一种惯性思维。例如父母倾其所有奉献给孩子，职员为了晋升职位而奋力打拼……这些借助他人实现人生价值的行为，就是信仰。而云端就有为你奉献的女神和需要为之奉献互助的身边成员，一旦有了规模可观的信徒，别有用心的白羽就开始不择手段地敛财了。

我画了浓厚的眼妆，蒙上面纱，右边眉角画上了一颗痣，从镜子中看到自己的样子，有点认不出来了。小时候由于逆反心理，我不愿穿姐姐的旧衣服，所以从小到大我都是偏向中性的打扮，没想到我也可以有如此女性的一面。

我很快收起了这份闲心，我从来都不喜欢跟随姐姐的步伐，和她做一样的事情。讽刺的是，我现在要穿她穿过的衣服，做她做过的事情，扮演她扮演过的角色，就像是她的替身，演完她剩余的戏码。

大会依然在三天前的大厅举办，上台前，我让白羽给我打上一针，让我提提精神。通过静脉的注射，刺激了我的大脑，整个人变得无比清醒起来。

我作为云端的女神站在台上，一出场，就有雷鸣般的掌声迎接我，原来姐姐就是这样在台上，俯视着一众信徒，自以为肩负着普度众生的使命。在一个个如痴如醉的信徒中，我看见了 Jack 那张阿谀奉承的脸，和白羽说的一样，他根本认不出我来。

恍然中，我好像看见了夏陌。我再度看向坐在最后一排的人，终于确定是夏陌本人，没错。

她脸色冷峻，正全神贯注地看着我，与我眼神交会时，她眼中竟含着泪。我的情绪也受到了影响，仿佛是生死之别后与恋人再相见，这种感动难以抑制。

我强忍着在眼眶里打转的眼泪，要是在台上露馅，白羽一定会严惩我，他如此细腻敏感的洞察力，深究起我哭的原因，说不定连夏陌都会遭到牵连。我不再看向夏陌，但心里全是关于她的疑问。

这里是云端的总部，而出席这个大会的又都是云端的骨干元老，为什么她能来到这里？我想到了一种可能性，她的表姐夫曾经给过我云端的名片，他可能也是云端的一位高层，没准儿夏陌是借助他的关系才混进来的。

想到这里，我有点感动，夏陌应该是来救我的。

但是她能认出现在的我吗？除了白羽，应该没有人知道女神就是我，而且就算我和她相认，又要怎么从这里离开呢？白羽对我的看管十分严格，台下的第一排就坐着两个他的手下，他们负责近距离看管我，想要逃脱谈何容易。

随着白羽一番上台发言，接下来就是女神展现神力的时刻，我要将三天前姐姐表演过的神迹再次重现。

我治疗的癌症患者应该是白羽事先安排好的。一位六十多岁的老妇，自称是胃癌晚期，看起来瘦得极不健康。她躺在床上，我的手只是正常体温，可刚触碰到她的身体，老妇就大喊起冰凉来。

我不能说话，整个治疗过程，倒像是我在配合她的表演。

知道真相的我，对于如此没有技术含量的表演，实在觉得无聊可笑。我更感兴趣的则是后面的演出，也就是打消了我怀疑女神神力念头的那场表演。

不知是不是故意挑选雨季举行大会，说实话，下雨确实为表演蒙上了一抹神秘的色彩。和上次的表演不同的是，白羽并没有为我打伞，我独自在所有人的注视下，缓缓从屋檐下走向喷水池，尽量依照白羽所说的端庄姿态，哪怕身体很快就被雨水打湿，衣服贴着皮肤变得沉重起来，也不能表现出任何不适。幸好有一束追光照在身上，才不至于因为寒冷而浑身颤抖。

走到喷水池边，我偷偷将手伸进口袋，口袋里装满了粉末，白羽没有告诉我这是什么，但我猜应该就是叫作醋酸钠的东西。

深吸一口气，我将手放进了水池中，流动的水开始以我的手为中心，逐渐凝结成冰，并且迅速向四处蔓延开去。很快，整个喷水池变成了晶莹剔透的冰块，静止不动了。

我察觉到了其中的奥秘，我手底下的冰和普通的冰不一样，它是热的。

热冰！

让流动的水结冰应该只是一种化学实验。之所以选择喷水池，而不是其他的活水源，是为了可以替换掉喷水池里所有的水，这些水也只会在水池里循环。白羽应该是将水换成了某种特殊的液体，这种化学液体无色无味，表面上看起来和水一样，一旦遇到醋酸钠，就会立刻结成冰。

虽然我不熟悉这些化学品的名称，但我知道这和超市里贩卖的暖手宝是相同的原理。

信徒们持续不断的欢呼声，将我拉回到现实世界，虽然解开了流水结冰把戏的秘密，但对我来说没有意义。

无意中，我发现喷水池旁停了一辆绿色捷豹，和我在忠叔的招待所门口看见的那辆是相同的型号，虽然没有记住车牌号，但直觉告诉我应该是同一辆车。在这里，这辆豪华的车只有白羽和女神才有资格乘坐。

总觉得事有蹊跷，可又说不上是哪里不对劲儿，忠叔和白羽之间会有什么关系吗？

我的下一步行动是走到面向所有人的地方，张开双臂，四十五度仰望天空，我看见白羽正在二楼的窗边。他的身影一闪，离开了窗边，我还在想白羽在二楼干什么的时候，众人突然发出一阵惊呼声，有人大喊大哭起来，有人开始下跪磕头，不知是不是从众心理，几乎所有人都跪了下来。

他们应该看见了逆行飞向天空的雨水。

此时，我就是他们心目中的女神，他们已经完完全全折服在目睹的神力之下。

可是我根本什么都没有做，比起凝结喷水池，逆转雨水我只是摆出姿势而已。而我面前的雨水并没有逆行而上，我只是感觉照在身上的灯光有了变化，灯光以很快的频率在我身上闪烁。这不过就是一场灯光秀而已，用空中的雨作为幕布，通过光线变化而制造出逆流的光影效果罢了。

雨水迷蒙了我的双眼，我想看向灯光，却被耀眼的光逼得不得不低下头。这时，所有的灯光一下子熄灭了，我被吞没进黑暗中。

众人一片哗然，呼喊"女神"的声音此起彼伏。

黑暗中，白羽的两名手下逼近我，一左一右将我挟在中间，想要将我带回房间。

这是我最后的机会！

电光石火间，我果断做出了决定。

我突然甩开他们的手臂，一个箭步冲向了人群，用低沉而又高亢的声音说道："我的信徒们！就在这个地方，也就是你们的眼皮子底下，有人想要谋害我！"

"是谁？"

"谁敢做这种事！"

众人议论纷纷，情绪激昂。

见此情景，白羽的两名手下也不敢轻易对我动手。

"这个人，就是云端的老总白羽。"我继续煽风点火，"他在背后辱骂你们所有的信徒，也包括我在内。他没有信仰，云端在他眼里只是一个赚钱的机器，他想用强制的手段让我屈服于他，来帮助他实现操控你们、压榨你们的目的，云端所有的钱最后都流进了他私人的口袋里。"

"你们还愣着干什么？快把她给我带进来！"白羽在楼上的窗口，气急败坏地朝那两名手下叫嚷起来。

两名手下急忙把我架了起来，强行往屋里拖去。

我挣扎着想要脱身，可是双手被死死擒住，动弹不得，只能由着他们把我从人群面前拽走。

"是表现你们忠诚的时候了。"我朝人群大喊，做着最后的挣扎，这也是我最后的希望。

人群虽然骚动起来，但人们都站在原地议论着，目送我被硬生生地拖进屋子里，没有人挺身而出。

"什么狗屁信仰！"我恨恨地啐了一口。信徒们无非是怀揣着赚钱的意愿被骗入组织，又有多少人是真的崇拜虚无的神呢？这不过是一个金字塔传销骗局罢了，我自己差点还相信了。

真是可笑！

我不再挣扎，顺从地跟着白羽的手下一起走进了休息室。白羽疾步赶来，暴跳如雷地吼叫着，声音如惊雷般回荡在耳边。

"你到底想干什么？"

"我可不是我姐那个傻女人，会对你死心塌地，你别想控制住我！"事已至此，我也没有什么再继续伪装的必要了。

"你太高估自己了。"白羽居然笑了起来，他拿出一小袋白色的粉末，朝我晃了晃，"这三天给你注射了一些这玩意，听忠叔说从静脉打进去，基本上是戒不掉了。"

"你居然给我毒品！"

看来白羽长期用毒品来控制女神，哪怕女神想反抗，也会因为毒瘾发作痛不欲生，而不得不屈服于他。我在忠叔那儿看到的车确实就是白羽的，他和忠叔之间应该有毒品交易。

白羽用下巴对着我说道："不然你觉得自己为什么可以来到这里？"

"我来这里……难道不是因为救了 Jack 吗？"

"呵呵，"白羽冷笑道，"要不是我把你调来，你以为这么容易就可以来到女神身边吗？"

"这一切都是你安排的？"

我茅塞顿开，终于全部搞明白了。所有的事情都串联了起来。

白羽一定在和忠叔交易的时候碰巧知晓了我的事情，知道我是丁敏的妹妹，他想要摆脱痴心的我姐，同时又要有另一个甘愿为他赴汤蹈火的女神顶替上。已经被债务逼上死路的我，到处寻找感情并不融洽的姐姐，动机似乎过于明显了，我就成了替他除掉我姐姐的最佳人选。

现在想来，最初姐姐在云端的消息是忠叔透露给我的，这可能也是白羽的授意。

这是一个借刀杀人后再借此勒索的陷阱。

才反应过来自己被利用的我，气得连话都说不出来，这件事的突然反转，完全出乎我的意料。每一步都在白羽的算计之中，我被玩弄在股掌之中。我怒不可遏，朝他的脸上吐了口唾沫。

"浑蛋！"我破口大骂道。

白羽面色一沉，扬手就要给我一巴掌。

与此同时，休息室的门被推开，一群信徒恰好看见抬手要打我的白羽，所有人都在这一秒定格了。

随之而来的混乱，超乎了我的想象。所有信徒扑向了白羽，他的两名手下也没能幸免。休息室就像橄榄球球场一样，后面的人将前面的人压在下面，咒骂声、叫喊声、求饶声，此起彼伏，很快，白羽就被淹没在了人堆中。我被挤到了角落里，还有人在源源不断地拥进来，我被人群撞开，抵在墙上，几乎喘不过气来。

这时，有人拉了我一把，将我从休息室里拽了出来。

呼吸顿时顺畅了许多，我想向救我的人道声谢，抬头一看，没想到是夏陌！

"女神。"她歪着肩膀，一只手在身后摸索着什么。

"夏陌！"我激动得不知该说什么好。

"原来你还记得我！"夏陌的语气有点怪怪的。

"你为什么——"

我的话还没说完，夏陌的手往我脖子上一抹，只觉一阵冰凉，有东西从脖子上流了下来，还以为是头发上淌下来的雨水，伸手一摸，满手都是黏糊糊的红色液体。

鲜血从我的脖子喷溅而出，血点弄得到处都是，夏陌的脸上，还有走廊的白墙上。我捂住伤口，可还是阻止不了动脉中源源不断流出的血。

我想说话，却发不出声音，剧烈的疼痛这时才阵阵袭来，血液正在迅速流失，我能感到自己的生命一点一点地从身体里抽离。我倒在地上，像一条垂死挣扎的鱼，扑腾着四肢，神志不清起来。

"为什么……为什么……"我艰难地吐出几个字。

夏陌丢掉手里的刀，跪在我身旁，含情脉脉地望着我。

"你以为一走了之我就找不到你了吗？还记得抛弃我时说过的话吗？我故意接近你的妹妹丁捷，现在你死了，你家的全部都属于我了。"

我想告诉她我就是丁捷，可是血液呛进了气管，我只能张大嘴巴用力呼吸，却一点声音都发不出来。

我把手伸向面纱，想要摘掉它，好让夏陌认出我来。

可她抓住了我的手，手指穿过我的指缝，与我十指紧扣，令我的手动弹不得。她看见我戴着和她手腕上一样的手链，将我的头枕在她的膝盖上，对我说道："原来你一直戴着它，我知道你依然是爱我的，都是里面那个男人的错。"夏陌的眼泪滴在我的脸上，温热湿润，她泣不成声，"我知道留不住你的心，那么谁也别想从我这儿抢走你。你的妹妹只是一个替代品，没人能替代你在我心中的位置。"

我绝望地闭上眼睛，在夏陌的怀中安静地等待死亡的降临。

真是可悲，最终我还是成了姐姐。

不！我成了女神。

（本书完）

后记

申明：后记涉及内容泄底，如未读完全部故事就先看此文，或许会降低阅读时解谜的乐趣，故请谨慎阅读本文。

读完《女神》这本书后，不知道各位的心情是怎样的，或许会有一些疑问和困惑之处，那就暂且搁在一边，让我通过这篇后记和您做一番交流。当然，如果您顺畅地读完全书，一切了然于胸，实在是笔者的荣幸，这应该就是推理小说的乐趣所在吧。

最初并没有完整的故事构思，纯粹希望挑战一次叙述性诡计的极限。《女神》融合了性别、时间、空间、人物上的多重叙诡，以此为创作的核心，开始逐渐丰满整个故事。当年这本书在写到一半的时候，为了去创作《躯壳》（第六届岛田庄司推理小说奖入围作）而搁置了两年多的时间。

在最新创作时，为了对高明的诸位造成误导，诡计从全文的结构和叙事上就开始了。全书共有八章，除去"楔子"和"最终章"，其余六章虽然看起来都是以"我"为第一视角来叙事，实则第零、二、四章是妹妹丁捷的视角，第一、三、五章则是姐姐丁敏的视角，两条时间前后交错的故事线，在最终章汇聚到了一起。最后揭开的不单单是交错的故事时间视角，还有另一个谜底——"我"的性别。为了使两者有所区分，姐姐丁敏的章节中会出现何小双（活着的），妹妹则是有抽烟的习惯。文中还有不少铺垫和伏笔，对于第一遍阅读时主人公奇怪的举动，在看完结尾后倒回去再看，就会变得合理起来。

从《女神》创作者的角度来说，我也是第一次尝试写这样的作品，算得上是一次过瘾的挑战。也希望能将这种推理的趣味通过文字传递给阅读本书的各位，解开谜团后的快感，就是推理作者和读者共同的喜好了吧。

作为二十一世纪新本格的叙述性诡计，对于传统推理的创作，起到了开拓题材领域的作用，能够摆脱传统本格推理固有的模式套路，演绎出更为丰富的故事和人物。

另一方面，《女神》也对现实世界中传销这种违法行为进行了揭露。传销是新世纪衍生出来的新型诈骗方式，如果将传销组织视为一种犯罪组织，那么他们就等同于推理小说中的"罪犯"。揭露"罪犯"的犯罪过程，本书正是期待可以带领读者进入这样一个黑暗世界。

最后，感谢华斯比老师，让这本书得以付梓，与大家见面。

希望这本《女神》可以在女神节的时候，成为一份送给您心目中那位"女神"的特殊礼物。

王稼骏

2022 年 8 月 18 日星期四

图书在版编目（CIP）数据

女神 / 王稼骏著 . － 北京：北京联合出版公司，
2023.5

ISBN 978-7-5596-6739-7

Ⅰ.①女… Ⅱ.①王… Ⅲ.①推理小说－中国－当代
Ⅳ.① I247.5

中国国家版本馆 CIP 数据核字 (2023) 第 057130 号

- -

女　神

作　　者：王稼骏
出 品 人：赵红仕
策　　划：牧神文化
责任编辑：周　杨
特约编辑：华斯比
美术编辑：陈雪莲
封面设计：璞茜设计

- -

北京联合出版公司出版
（北京市西城区德外大 83 号楼 9 层　100088）
北京联合天畅文化传播公司发行
上海盛通时代印刷有限公司印刷　新华书店经销
字数 126 千字　890 毫米 ×1240 毫米　1/32　6.875 印张
2023 年 5 月第 1 版　2023 年 5 月第 1 次印刷
ISBN 978-7-5596-6739-7
定价：56.00 元

- -